文學叢刊

傅詩予著

# 雪都鱗爪

文史哲出版社印行

國家圖書館出版品預行編目資料

雪都鱗爪 / 傳詩予著. --初版 -- 臺北市：文史哲, 民 104.01
頁； 公分（文學叢刊；341）
ISBN 978-986-314-237-9（平裝）

855　　103027889

文學叢刊 341

# 雪都鱗爪

著 者：傅 詩 予
出版者：文 史 哲 出 版 社
http:// www.lapen.com.tw
e-mail：lapen@ms74.hinet.net
登記證字號：行政院新聞局版臺業字五三三七號
發行人：彭 正 雄
發行所：文 史 哲 出 版 社
印刷者：文 史 哲 出 版 社
臺北市羅斯福路一段七十二巷四號
郵政劃撥帳號：一六一八〇一七五
電話886-2-23511028・傳真886-2-23965656

定價新臺幣二八〇元

中華民國一〇四年（2015）一月初版


ISBN 978-986-314-237-9　　09341

# 自序——九封家書

偶然在儲物箱裡，找到一疊兩個孩子幼時寫給父母的信。十八年前，這個世界還不是雲端網絡通信的時代，一封信寄回去，就算父母立刻回信，收到回信時，恐怕也過掉大半個月；至於打電話更是分秒必爭，總是長話短說，否則薪水都要交給電信局。因此剛出國時，和家人的通訊，就是靠著傳真機。這些信正是孩子寫給父母，傳真之後留下的手稿，只可惜父母傳真回來的都很模糊了。讀著一封封孩子寫的生活報告，往日一切不禁回到眼前。

記得準備出國的前一個月，貨運公司來家裡打包。貨物一箱箱堆上車時，回頭看見女兒站在她的玩具箱上唱歌。貨運人員便瞅著她說：

「小妹妹，妳要去住加拿大喔！好羨慕喔！妳會說英文嗎？」那時剛滿五歲的女兒拾著裙腳，搖啊搖的，然後慢吞吞的說：「會啊，我會說Yes！」，而「Yes」，正是她唯一會說的英語。至於兒子，才上了一年的芝蔴街美語，剛學會數數而已。如今他們的英語如聯珠炮，除了和我交談用中文外，英語幾乎就是他們兄妹的母語了。

兒子因為唸完小學一年級，所以有拼音基礎，因此信幾乎由他代寫，女兒簽名就好。只可惜後來他們都不再學中文，和父母的連繫也都讓雲端網絡給取代了。訊息交換雖然幾近零時差，卻沒有文字作紀錄，這些信便成了珍貴的寶藏。我略抄幾篇如下：

## （一）

親愛的爺爺、奶奶、外公、外婆您們好：

轉眼來到加拿大已經二個月了，大家都好嗎？

這幾天已經不再下雪了，可是卻在下雨。我最喜歡下雪，因為可以揉成雪球打牆壁，而且不會弄髒身體。

前幾天雪溶以後，地上溼溼的，第二天氣溫又下降，地上都結冰了，有的車子會在馬路中間打轉，很危險，所以車子都開得很慢，會形成塞車。但是走在人行道上，我都先跑一步，再立刻煞車，這樣就會溜出二、三步，我就這樣一路溜到學校，真有趣！不過，我還摔了幾跤呢！妹妹可慘了，她都不敢走！爸爸只好開車送我們上學。

還有一件事更有趣，那就是到處都有「靜電」，爸爸說是因為氣候太乾燥的關係。我和妹妹，爸爸和妹妹，還有和媽媽也是，都會啪啪地電來電去。爸爸常被車子的把手電到。

## （二）

親愛的爺爺、奶奶、外公、外婆您們好：

幾個星期以前，多倫多下了一場冰雨。媽媽逗著我們說，如果把盤子端出去，不會兒就可以接一盤剉冰吃。我才不敢呢！吃了一定會拉肚子。走在路上，好像許多碎石子打在身上，還好不會痛。

冰雨過後，春天真的來了。樹林裡松鼠跳上跳下，好不熱鬧！我也看見松鼠寶寶，牠的毛是淺黃色的，小小的，好可愛哦！有人在樹林間餵花生和瓜子，小鳥兒都飛來了。有幾隻鮮紅色的鳥，嘴巴啣著枯草忙著做窩。

每天中午，我和四年級的哥哥做鳥窩，可惜被別人拆掉了。

原本光禿禿的樹都發芽了，家家户户忙著種花、剪草和施肥。街道兩旁都是綠草地，草地柔柔的。我們大廈周圍，種了各色鬱金香，真漂亮！老師給我種子種，它現在已經發綠芽、長花苞了。

我們班上有四個黑人，二十個黃種人和一個白人。有三個人會說中文。

假日爸爸都開車載我們去布蘭頓市找房子，那裡離他的公司北方電信很近，而且全都是外國人。爸爸說，住那兒，英語進步的比較快。

敬祝母親節快樂！

## （三）

親愛的爺爺、奶奶、外公、外婆您們好：

爸爸給我買了電子貓玩，它有好處和壞處。它肚子餓、大小便或不舒服時，都會叫我，很有趣，可也很煩。有個同學一直想偷我的電子貓，有一天，他真的偷去了。後來媽媽去和老師說，老師才ㄅㄤ我拿回來。

我的朋友今天不能出去玩，因為他有個麻煩，他打別的同學，被告太多次了，所以就被罰。

## （四）

親愛的爺爺、奶奶、外公、外婆您們好：

昨天我們過了一個快樂的萬聖節。萬聖節家家户户都要打扮成鬼屋，掛著南瓜燈，等打扮成怪物的小朋友來要糖吃。爸爸說，這裡的人相信小鬼來敲門，你不給糖吃，就會惹來惡運。所以家家户户都要準備很多糖果，等著小鬼來要。

我打扮成蝙蝠，妹妹打扮成蝴蝶，然後我們提著一個大黑塑膠袋披在肩上，就像蝙蝠俠那樣。街上看見許多小朋友扮成巫婆、骷髏、天使和各種怪獸，又可怕又有趣。

有兩家人最好玩。一家在院子裡做了許多妖怪，這些妖怪發出藍、綠、紅光，主人扮成巫婆，坐在花園裡等小朋友。另外一家人，窗户上貼滿了骷髏，屋子裡的燈全都關了，只剩院子裡的汽車發出恐怖的怪聲音。家家都掛南瓜燈。南瓜燈是把南瓜的肉挖走，然後在硬殼上挖出眼睛、鼻子和嘴巴，再放蠟燭或燈泡在裡頭，燈泡是要接線的，黑夜中，一閃一閃，真美麗。

我和妹妹要了好多好多的糖果，夠吃半個月了！

# （五）

親愛的爺爺、奶奶、外公、外婆您們好：

上個星期日，我們本來要去尼加拉大瀑布，但是下雨了，所以爸爸帶我們到電動遊樂場玩。我玩賽車、滑雪和滑板等等。玩電動滑板的時候，滑板會跳起來，跳到把手的上面，我再隨著把手溜下去，好刺激啊，後來我們去看電影。

昨天我們就去尼加拉大瀑布。我們開了一百四十幾公里，二個多小時才到。到的時候已經三點了，因為還沒吃飯，所以去吃 Pizza，之後才去坐船。

船開進瀑布裡頭，好像暴風雨一樣，真刺激！我已經第三次來這裡玩了，第一次是冬天，到處雪茫茫；第二次是夏天，到處綠油油；這次是春天，到處是鬱金香，只可惜是春末了，許多鬱金香都枯了。下一次，我要秋天來看看。

（六）

親愛的爺爺、奶奶、外公、外婆您們好：

上個星期日，我們去妹妹的朋友家 B.B.Q.。他們家的電腦是 Window 95 和 98，我在他們家的電腦裡玩 Magic School Bus。我在電視裡看過好幾集，有太陽系、海洋和植物等等自然科學的東西，電腦裡的是跟地球有關。

我們烤了玉米、魚丸和熱狗。後來我們跑到公園玩水，我把妹妹和她的朋友噴得濕濕的，他們很生氣。後來我去溜冰，我一路溜回他們家，路上跌了一跤。

（七）

親愛的爺爺、奶奶、外公、外婆您們好：

我已經一百四十公分高了，媽媽說，再過二年，我就會和她一樣高了。前年我離開您們時，我才一百二十五公分。我們長得那麼高，是因為我吃好多好多的Cheese和鮮奶。妹妹也已經一百二十五公分了呢！

（八）

親愛的爺爺、奶奶、外公、外婆您們好：

昨天我們去採桃子、杏子和李子。因為果樹很脆弱，所以用梯子爬上去摘。我們摘了三十一顆桃子，掉了三顆，吃了五顆，回家又吃了二顆，現在只剩下二十一顆。後來我們又去採梨子。採梨子要坐小貨車進果園。到了果園，有人跟我們說，就只有綁黃色布的能採。之後我們又去採杏子，杏子又黃又甜，真好吃。我們採了好多好多，後來又再坐小貨車回到桃子園。我們買了三十三元的果子回家。

（九）

親愛的爺爺、奶奶、外公、外婆您們好：

上個星期六，我們去露營，我們買了帳篷後就跟爸爸的朋友去玩。我們先到爸爸的朋友家等其他的朋友來，集合後，開了二個小時，才到露營地。

搭帳篷的時候，我們先把短鐵棍一根根接起來，變成長鐵棍，再把兩根長鐵棍交叉當骨架，然後把篷布掛上，四周再釘上長鐵釘就好了。

烤肉時，我們必須把油加在木炭裡，才能升出火來，但是它一直熄掉，我們就一直試，終於成功。玩火的時候，因為我們聽説松樹枝有毒，所以把松樹枝拿走，用其它樹枝玩。

晚上我們升營火聊天唱歌。營火熄了，才去睡覺。

第二天早上我們先去爸爸的朋友那邊吃早餐，然後一起騎腳踏車。比賽騎腳踏車的時候，都是我贏！最後我們去游泳和打羽毛球。媽媽説，下次還要帶我們來露營。

下面是妹妹寫的。

親愛的爺爺、奶奶、外公、外婆您們好：

這個週末我們去露營，一共有六個大人，六個小孩，好熱鬧喔！我們騎腳踏車比賽、翻跟斗、到河邊抓螃蟹、玩手電筒、烤肉和游泳。晚上圍著營火聊天唱歌，筋疲力竭才去睡覺。天亮時，我被小鳥吵醒，爸爸說半夜他聽見小動物的腳步聲，可能是松鼠或浣熊。九月我們還約好到 Lake Erie 露營，希望那天趕緊到來。

我們每天游泳，所以晒得很黑。哥哥戴蛙鏡游泳，拿下蛙鏡時，像一隻貓熊。我的中文進步很多，佩佩呢？她的英文學得怎麼樣了？幼稚園好不好玩？舅舅要不要帶她來這裡玩？我會自己洗澡、洗頭和洗臉了，佩佩呢？我們又要搬家了，新房子好大好漂亮，我有院子可以跑步和翻跟斗了。你們甚麼時候才要來加拿大呀？

＊　＊　＊　＊　＊

孩子的信，就停在一九九八年秋天。原本我們在多倫多市西郊的布蘭頓市買了個大房子，沒想到外子所服務的加拿大北方網絡電信公司準備將所有軟硬工程師都遷往位於首都渥太華的總部。由於遷移條件優沃，次年我們舉家遷往，稍後在渥太華西郊的卡納塔市安定下來。渥太華的七年，孩子過完童年，進入青少年時期。這七年由於孩子的青少年童伴全都是純西方人，因此英語進步神速。隨著孩子的英語能力越強，他們的母語也就越弱，漸漸的孩子們不再寫家書，甚至不學中文，他們已經有了自己的世界，他們忙著奔赴自己的前程。與爺爺、奶奶、外公、外婆的互動，也跟著網路的進步，成了例行的電話問候與視訊。

前幾年的聖誕前夕，我和一位老鄉親打電話，她正忙著準備聖誕大餐，等著她的二個孩子千里迢迢趕回來。談起孩子幼時種種，歷歷在目。如果有人問我，最希望時間停留在甚麼時候，我會說停留在剛出國的頭兩年。我真寧願兩個孩子都不要長大。也幸而當年網路沒那麼發達，否則就不會留下這些童言稚語供我年老時回憶。放下電話，我立刻起草了這首詩。此詩已收進我的詩集《與你散步落花林中》：

〈歲末〉

聖誕紅綻放在雪正緩緩飄下的窗前
我起身研磨咖啡豆
豆濃　仍如上次你來相聚的味道
我讀著你喜愛的那本小說
它是你　無所不在
我讀引你發笑的章節會心地微笑
它是你　在空曠的屋裡惹起回音

聖誕紅綻放在雪正緩緩飄下的窗前
紅綠相間　飽滿的枝葉體態豐盈
想你該回來了　我習慣多泡一盞

等你　在聖誕紅了又紅的歲末

我想起你蹬著腳踏車飛奔而來
喘息的兩頰像緋紅的聖誕紅
我牽你走過幼年的小巷　雪正飄著
在那兒你認識了聖誕紅並且換上大鞋

年年我把許給你的承諾堆在聖誕樹下
你打開那張小說翻拍的新上映的電影票
大雪中飛奔而去　我透窗望著
聽見你和同伴在戲院裡吃爆米花尖叫
（那本小說滑落在搖椅下，我好像又瞌睡了）

聖誕紅綻放在雪正緩緩飄下的窗前
我替你穿上雪衣雪鞋雪褲替你拉著雪橇
你滑下山坡　遠的只像小豆點
然後你笑著拿著枴杖糖向我飛奔而來

回來　每個聖誕節的傍晚
聖誕紅綻放在雪正緩緩飄下的窗前
壁爐火溫熱的叩喚著冷冷的空氣
你又穿著小紅襪
年年綻放在聖誕紅了又紅的歲末

* * * * * *

二○○五年夏天，由於北方電信的垮台，我們售掉卡納塔市的房子，一家人又回到了多倫多，外子甚至回到同一工作地點上班。有如大學校園般的園區依舊，只是江山易主，換了個東家。北方電信的百年基業因此也成了加拿大人最痛心的歷史。樹倒狐孫散，我們在渥太華的同是北方電信的家庭，也四散到世界各地。人生的際遇實在很難料，繞了大半圈，我們竟回到了原點。這本《雪都鱗爪》記錄的便是，孩子沒能寫出來的，我們生活在海外的點點滴滴。而「雪都」指的是多倫多和渥太華。

回到了華人聚集的多倫多之後，很奇怪的，我停了二十年的筆又動了？不知是否因為回到了中文世界？較之我求學的階段，這世界變化最大的，莫過於網路。網路的發明，使得投稿變得輕鬆快速，從搖筆桿變成敲鍵盤，從塗塗抹抹到「Paste」、「Delete」，書寫不再有動不動必須重謄稿子的困擾，於是我開始大量耕耘，也啓了部落格、臉書，和臺灣的文友進行彈指間的溝通，想來復筆應該是拜電腦科技所賜。在網際的高速公路上，孩子也下載了不少同學介紹的流行歌曲，這些同學甫自中港台來，因此帶來了第一手資訊。有天忽然聽見孩子開始哼哼唱唱，甚至習寫歌詞，真是讓我訝異！只是大學課業的繁重，使他們無法更深入的學習。望著一群海外長大的黃皮膚青年，東方文化在他們身上，幾乎看不到痕跡，我不禁悵然起來。我真希望有天他們可以再跟我學中文，讓我握著他們的手，一個字一個字描。或許有一天，他們能讀懂這本書裡的每一篇章，與我復習曾經一起走過的路，那真是再完美不過了。

二〇一四年九月二十二日寫於加拿大列治文山市

# 雪都麟爪

## 目次

自序——九封家書……一
馬莊主人……二三
故鄉情……二七
裝潢人生……三一
蘭花情結……三五
幾度夕陽紅……三九
梨樹與梨花……四三
處處聞啼鳥……四七
露營記……五一

腳踏車之戀……五七
與臭鼬鼠大戰記……六七
紙箱世界……七一
土撥鼠報春……七五
杜鵑花開時……七九
來電了……八三
沉思的大雁……八七
粽香萬里……九一
呦呦鹿鳴……九五
倚身秋色中……一〇一
冬日的六把火……一〇七
第十八個秋……一一一
渥太華運河……一一五
天鵝遊行……一二一

**附錄：少女十五二十時**……一二九
我迷戀……一三一
母親！母親……一三七
少年遊……一四一
回首淡專……一四五
峨嵋營火……一五一
冬日畫……一五七
溪頭鱗爪……一六七
秋之筆記……一七五
環島旅行記……一八三
**後　記**……二〇三

# 馬莊主人

去年夏天，全家到安大略省北邊的（Manitolin Island）渡假。這個小島的北邊，是由一條會在每個整點（整一點，整二點）就幌走四十五度，而不再連接土地的大橋（Swing bridge）連接著。橋幌走，是爲了讓那些漂亮的大船經過。小島的南邊，有個美麗的渡船口，大遊輪往返其間。如果從北邊來，而不想走原路回去，便可搭三個多小時的遊輪，連人帶車，順著 Lake Huron 的水路，來到大湖的南邊，再開四個小時的鄉間小路，回到多倫多。

島上迤邐風光及夜泊的花枝招展的遊艇，不是我想記錄的，我想細描的是島中一位馬莊主人。起初我也不覺那馬莊與其它馬莊有何不同?想想不外乎是養幾頭馬，招攬遊客好賺錢謀生。但當她表示因爲她一次只能帶兩三個人，所以上午時段已填滿，我們得另行預約時，我立刻覺得她很特別。因爲，遠望她的山坡，至少有三十匹以上的駿馬，正在閒閒吃草，怎麼會說一次只有兩三匹馬可以出征？其他馬莊，即便只有一匹馬，也一定要替牠排滿時段，這人怎麼這麼不會做生意？不過不管如何，我們只能預約囉！

北美的夏天，白天很長，通常九點半才天黑。那時候是早上十一點，因此還有很長的時間可以選擇，但她說她的馬六點以後，就要休息，因此我們只好接了個不上不下的時間，帶孩子東逛西逛，登上峭壁即匆匆下山，再幌個印第安村後，下午四點半，我們準時回到馬場。

以前，當孩子吵著要騎馬，因而找到的馬場，附近一定有個柵欄圍起來的跑道。那幾乎是一個模子的經營方式，一方面父母看得到孩子，一方面還可以拼命拍照。但這個馬場沒有。當她牽出她的馬，細心的拍撫著，並要我的孩子輕輕坐上馬背，並且溫柔的拉韁繩時，我知道這會是非常特殊的回憶。她說她將領著孩子，進入對面的森林，一個小時後就會回來。進入對面的森林？我心想，進入森林做甚麼？她看我狐疑，便開玩笑的說，她不會爲了拐走兩個少年，而丟了滿山的馬。於是她騎著馬走在前，我的兩個孩子騎著馬跟在後，三人慢慢進入森林，慢慢消失在我們的視野。

不知過了多久，我們夫妻正無聊地坐在樹下吹風，走來了一位印第安婦女。她抱著一大綑韁繩，氣喘如牛的走來。在得知主人不在後，只好找我們寒暄。從她口裡得知，這位馬莊小姐未婚，爲了她的馬匹，從清晨工作到晚上十一點，從小到現在，沒有休息過。很多人出好價錢，想買她的馬，她都拒絕。她把每一匹馬當成她的小孩。

說著說著，他們三人慢慢走回來了。我心想，孩子一定覺得不好玩，因爲這分明是溜馬，而不是騎馬嘛！但當他們興高采烈跳上車，手舞足蹈的說：「妳知道嗎？我今天學會跟 horse 說秘密話喔！」；「妳知道嗎，她一路上教我們如何拍撫生氣或傷心的馬喔！」；「妳知道嗎，我騎的那匹 Horse 已經懷著 baby 了，她有時候也會 depress 呢！」，就這樣一路上「妳知道嗎？」，「妳知道嗎？」的，不覺回到小木屋。

夜裡，我知道他們將有一個甜美的夢。

二○○八年五月五日作

二○○八年七月二十四日發表於中華日報副刊

# 故鄉情

今年多倫多的國際龍舟節，又沸沸騰騰地攪亂一向寧靜的安大略湖。平日悠遊的水鳥，似乎也撲翅翅地想湊興組成一隊呢！來自世界各國，不同膚色的一百八十隊選手，烈陽下擂鼓吶喊，拉開了加國一向鼓勵各族裔保留母國文化的多元文化節序幕。然而熱鬧的是他們，我們幾家同鄉，依舊邀聚在城郊的一家超市裡閒坐喝咖啡。甫自臺灣投票歸來的同鄉，正滔滔發表回台感想。濃郁的咖啡香，調和著故鄉情。

每回圍聚，心中總不禁浮起同樣的感慨，那就是爲何對故土的懷念，總在人近黃昏時，燃燒的特別熾烈？好像每個人都忘了當年是如何倔強地收拾行囊，頭也不回地辭別此後終身惦記著的父母親人。好像每個人都曾這麼理直氣壯地對父母說過：「我出去唸唸書，過幾年就回來！」

然而在「希望下一代會更好」的護身符下，一個個卻食言而肥，在異鄉落地生根起來。留下來的原因很多，例如：稚子不諳中文，無法回鄉趕上教育進度；工作的接續問題；以及年輕氣盛，還沒玩過癮等。於是年過一年，在把北美洲的大山大水玩膩之後，我們開始思念起故鄉。然而我們也會捫心自問：「如果可以回頭，還會選擇出走嗎？」很矛盾地，幾乎每個人的答案也都是肯定的。因此我得到一個結論，那就是我們這些人的身上都有著很強的「流浪基因」，就算是在北美洲長大，也會買上單程機票，奔向另一個重洋。

於是種甚麼因嚐甚麼果地，我們都接受一種懲罰：那就是每隔數年，便須把辛苦積蓄下來的金錢向航空公司進貢！那些機票錢加上每週的國際長途電話費，累計起來都可玩遍全世界了呢！有個同鄉說每次回台都像是「三郎探母」般地歉疚與無奈，爲了彌補對父母的虧欠，今年還是決定把存了許多年而準備購買六十吋大銀幕液晶電視的錢換成機票回鄉！雖然我也同樣地思鄉情湧，卻因俗務纏身，只能仰首晴空，望「機」興嘆了！

此時，多麼希望我也能俯瞰台北，嗅一嗅那些熟悉的氣味。龍舟是不是也正競渡於河面上？那赤膊吶喊的擂鼓聲，可以移民，但移不走的是與日俱增的原鄉情！想來不禁失笑的是，當年因「人多車多好擁擠」而堅決了移民的心，在幾經異國的風霜寂寞之後，卻不顧荷包的流失以及時差變換的痛苦，轉成切切趕赴班機，只爲追尋「人多車多好熱鬧」的浮雲遊子意。是「外國的月亮大又圓」，還是「月是故鄉明」，原來只是心情的兩面罷了！

二〇〇八年四月二十六日作
二〇〇八年十月六日發表於中華日報副刊

# 裝潢人生

我已經忘記他的名字了，甚至他的長像、聲音。但我始終沒有忘記，他對工作的投入和追求自我目標的沉穩。

春天使埋於風雪中的渥太華慢慢甦醒，夏天則使耽於鬱金香的夢境中，原本懶散的市民，忽然積極起來，動鏟動剪的爲自個兒宅院，實現那幅蘊釀了整個冬天的藍圖。我也不例外，那年夏天，我決意拆掉家中休閒廳的地毯，換成時下最流行的紅木地板。爲了擔心商人矇我，我先是閱讀了幾本有關地板裝修的書籍，背下有關的名詞，了解裝修的步驟後，我開始約談包工的商人。習慣性的，我會在各種廣告資源中挑選三位左右來約談，順利的話便可從中挑一，即刻動工。約談之後，因爲工程老闆約翰的爽朗以及價錢合意，我很快的簽了約。約定七天後動工，屆時約翰會送來他手下的師傅。

那天早上七點，他準時來按門鈴。輕瘦伶俐，怎麼看他都不像工人。在他卸下一車的工具後，他先問我家中是否有熟睡的幼兒?若有，我得先安排一下，他不希望工程中的吵雜聲驚動了幼兒。我說孩子都上學去了，他可以大刀闊斧的搥打。不久，約翰也來了。約翰來，是爲了交待工作內容。但當約翰指示他處理火爐前的周邊做法時，我立刻不滿的插入話題。約翰指示他用直角接直角的方式繞著火爐做較省事，我則如書上所示要求他們切四十五度角相接。他應和我的看法，並告訴約翰我是對的。約翰沒話說，便令他照我的指示做。交待完畢後，約翰爲了另一工程匆匆而去。

爲了監工，我假裝和他閒聊，並且不時的觀察他工作時的一舉一動。我觀察到每使用一根新的，尤其是長過八尺的紅木，他都會將紅木朝前舉起，並細心的瞇眼察看是否紅木出廠時就已品質不良。他告訴我，如果紅木本身彎曲則需淘汰。我則心疼於一根根不合格必須丟棄的紅木，便要求他切去彎曲部分，留下直的部分備用。爲此他必須多切很多木頭，但他不厭其煩的答應了。言談間，他告訴我，他自十六歲起跟著師傅開始工作，十六年來，風雨無阻，從不間斷。現在他已有二棟房子了。過兩年他要開始學做老闆，自己接活，就像約翰那樣。他說他已建立了不少人脈，體力不行後，要開始當老闆，並且考慮結婚生子。我這才明白，原來做這行也是有終極理想的。

由於他的態度，我開始放心的做我的家事去。然而每一次回頭偷瞄他，就會爲他專注工作的神態所感動。他會不時的站在休閒廳的個個角落，透過陽光，瞇著眼勘驗已完成部分，也不時的檢查所使用的木頭，更不時的去調整不滿意的地方。我好像看見一位畫家，正拿著鉛筆，塗塗抹抹，素描眼前靜物；也好像看見一位作曲家，正不斷輕敲鍵盤，欲譜出人間最美的舞曲；又好像看見一位作家，正字斟句酌的打字思考。眼前圖畫所呈現的人，就好像畫家米勒在「拾穗人家」中所繪的人一樣，那麼知足認命，那麼敬業尊重。

陽光透過紗窗，照徹他的滿臉汗水。滾落的汗珠，彷彿擲地有聲般，喚醒我的冥想。日出而作，日入而息，他就這樣來來回回進入我家工作了三天。其中，我家鄰居也曾來觀摩，並向他要電話，他則要人家和約翰聯絡，並告知目前他尚不能獨自接活，他不想破壞約定俗成的行規。三天後約翰來驗工收錢，我告訴約翰，他的這位小師父，真是一等一的高手。約翰見我如許滿意，開心的拍拍他的肩膀後說：「It 's our pleasure to work for you. Thanks.」他則靦腆的在一旁微笑。他們走後，無比的敬意，卻長存我心。

不就是那句老話嘛：職業無高低，行行出狀元。二年後我的鄰居忽然向我問起他來，我想起他曾說過的有關他對自己人生的規劃，便告訴她，也許此刻他正忙著裝潢他的人生呢！

二〇〇八年八月二十日於多倫多

二〇〇八年十一月十八日發表於中華日報副刊

# 蘭花情結

這幾年大大小小的超市都可買到蝴蝶蘭，每株大約二十元加幣左右，幾乎是人人買得起。比起風信子、鬱金香、百合等花卉雖貴一、二倍，但花期可達二個月以上。算盤經這麼一打，走入花市，二話不說，一定要抱一盆回家。

只不過每一次我都會臨場怯步，最後一刻又決定不買了。各色蝴蝶蘭，總讓我流連忘返。紅紫白斑、白花紫舌、鵝黃紫瓣、白底紫線或淡淡的青蘋綠⋯，每一朵花，從花萼、花瓣、唇瓣到蕊柱，都各具姿妍，叫人愛不釋手。因此，不只是超市，尤其是蘭展，我一定會報到。只不過朋友始終不解，這麼喜歡蘭花，爲什麼不帶回家？

我說，因爲我怕把她養死！這個理由總讓人啼笑皆非。不過是花嘛，養死再買一盆就好了，怕甚麼？是啊，我究竟怕甚麼？

在加拿大安大略省東部 **Lanark-Highlands** 郡附近的一座小山谷 **Purdon Conservation Area**，也棲息著一批野生拖鞋蘭。那是一九三〇年代，加拿大農夫 **Joe Purdon** 在自家農場附近發現的。那野地是屬於他的，他放棄做更有經濟利益的投資，反而悉心照料那些蘭花，甚至用手工方式繁衍它們，使該地拖鞋蘭得以年年茂長。一九八二年 **Joe Purdon** 因癌症去逝，死前遺願是要求政府收購該山谷（據說是用便宜的價格賣給政府），並訂為保護區，好繼續照顧那些蘭花。請願書中他說：「**I worry about what will happen to this stand of orchids when I am not able to look after them…It would be too bad to have these lost to future generations.**」（翻譯：我擔心當我無法再照顧這群蘭花時，她們將會發生甚麼事?那是非常悲哀的，假如我們的後代失去了她們。）

而他的遺願在一九八四年實現了。每年早夏，一萬六千多朵拖鞋蘭，常引來各地畫家和文人一遊。想想，那麼大的莊園，留起來給子孫投資渡假村甚麼的才對，但他選擇留給國家，留給世界。也許他擔心哪個不肖子孫，毀了他半生悉心照顧的蘭花吧!?花若有靈，真該感激涕零呢!「人生自是有情癡，此恨不關風與月」，詞人歐陽修真說對了！Joe Purdon 死前，不能放心的竟是這群空谷幽蘭耶！

我仍然不敢養蘭花，爲的就是對蘭花的敬重。寧願她留在原鄉處生生不息，我只要每年此時逛逛蘭展，或者驅車到 Lanark-Highlands 郡訪蘭花就夠了。美麗的東西，爲什麼一定要擁有呢？既然擁有了，爲什麼又不好好照顧呢？每當朋友告知，又把蘭花養死了，我不禁生氣的說：「別折騰了，養養繡球花吧！」

這般嬌貴的花，不只溫度、水分或陽光要拿捏好，重要的是主人的耐心。唉唉，我看我還是繼續當個賞花人吧！我是個既沒有耐心，又易觸景傷情的人，何必傷花傷己呢？明朝詩人陳汝言的《蘭》詩，正道盡我情：

「蘭生深山中，馥馥吐幽香。偶爲世人賞，移之置高堂。雨露失天時，根株離本鄉。雖承愛護力，長養非其方。冬寒霜雪零，綠葉恐離傷。何如在林壑，時至還自芳。」

是的，不如讓蘭花回到山林，自在開落。

二〇〇九年四月二十八日於多倫多

二〇〇九年六月三日發表於中華日報副刊

# 幾度夕陽紅

一位八十幾歲的老太太，拉著我到公園看夕陽。她隨女兒來多倫多住上幾個月了，也行履過不少加拿大的清境山水，然最喜歡的節目，竟還是這紅澄的落日。公園邊是一望無際的平原，崦嵫彩霞因而一覽無遺。看著看著，我的思緒不禁回到二十歲，剛從師專畢業的那年。

那時我是社會新鮮人，被分發到淡水郊外的一所小學任教。從此，不管與同事也好，或是與學生也罷，一起看夕陽，成爲家常便飯。談夕陽、畫夕陽、夕陽下交耳談心、夕陽下校外教學…，夕陽成爲生活的主題。閉起眼睛，往日煙雲，一一拂過耳際。

記得常在下班後和L到沙崙附近的海灘撿貝殼。L的新婚夫婿剛出遠洋，負笈美國，因而她的思念與淚水常掛眸中。也許夕照是最好的治療師，那段時光，下班後我們總一起到海灘散心。一年後她終於下定決心，毅然決然地辭去穩定的終身教職，爲愛走天涯。我和她也各自收集了各色各樣的貝殼，那些貝殼雖在幾度的遷移中散失殆盡，但那些發光的記憶，仍舊是一盒又一盒的記憶寶藏。多年以後，我攜夫婿重遊舊地，貝殼灘卻已消失，替代的是處處埋藏的玻璃碎片與不遠處垃圾山的裊裊焚煙。物換星移，人類破壞環境的速度之快，令我瞠目結舌。於是，與L撿貝殼的時光，彷彿成了童話。

L出國之後，我依然經常獨自的坐在淡水舊碼頭邊吃淡水漁丸伴夕陽。也許因爲孤獨，我反而更能仔細的凝視夕陽，感覺夕陽。偌大的火球，逐漸脫去熾熱的白袍，替以橘紅的晚宴服，雲霞更不斷的變換色調，彷彿在替這個舞台輪番打燈效一樣。這時搭上渡輪，欣賞鳶飛魚躍的美景，遙望鱗鱗金光，爲了那皺褶滾滾而又閃爍不停的大海，我不只一次感動的扼腕驚嘆。夕陽的由盛而衰，象徵人生無可避免的終結，然而繼之而來的是，清夜裡唧唧蟲鳴。另一層面的美麗新境界總在踱步返家中，替我開了一扇又一扇的門。那些時，我計畫未來、思考未來，美麗的淡江星月與跨越八里的拱橋、渡輪，總會不時的岔入思緒。即使今日，站在這多倫多郊外的平原上，我依然彷彿置身淡江夕照的光熱中。

每一次回國，我都會安排一次淡水之旅。雖然沒有了貝殼灘，卻替以漁人碼頭的遼闊，淡水始終是我故鄉訪勝的重鎮之一。搭著捷運，穿越時間的隧道，彷彿又看見我帶領學生，到鎮外參加比賽後返回淡水的歸途情景。師生搭著淡水舊火車，一路談天，就像是親姊妹一般，毫無隔閡。當車過紅樹林，遠處氤氳的煙波與霞光，交相輝映著紅樹林，落日彷彿驚動萬物般，眾鳥嘎然齊飛，蝦蟹萬頭鑽動。渺小如我者，更不得不就著斑駁的光暈，感謝造物主賜予我這般良辰美景。

淡水是我的另一個故鄉，雖然我只待了四年，卻把我這一生該看的夕陽都看完了。而今繞過半個地球，徒嘆「三十功名塵與土，八千里路雲和月」之餘，真正安慰我心的還是那與落日共舞的青春時光。我告訴老太太，最美的還是淡江晨昏。當暖暖的火球，沉落於平原盡頭，我知道它正在地球的另一端升起。

二〇〇九年一月二十八日於多倫多

二〇一〇年二月二十一日發表於中華日報副刊

# 梨樹與梨花

父親九歲時親手栽植了老家後院的那棵梨樹。梨樹跟著父親一起長大，長成青壯大樹後，又看著我出生、長成黃毛丫頭、變成少女、變成母親。

記憶中如雲似雪濃髮般的花瓣，總在春風中如浪花，一波一波地擊著時空堤岸；花瓣落盡之後，竄發的枝葉更是茂密的圍城，波濤洶湧間躲著許多小生物。而我，經常攀緣樹身，等著纍纍果實的夢想成真。

很小的時候，我就懂得躺在巨大的枝幹上欣賞流雲的變化以及遠眺籬笆外的世界。除此之外，還抓夏蟬和金龜子當玩伴。弟弟和我總是在金龜子的腿上綁絲線，然後將牠纏回樹上，像放風箏一樣的看著牠繞著圓圈飛。有一次牠爲了脫逃，拚命轉啊轉的一頭撞死在樹幹上，慘狀的模樣，令人不忍卒睹，從此我們改抓蟬兒玩。

記憶中蟬兒總是嘶嘶叫不停。爲了抓牠，我們得忍受那噪音，然後專心的，以迅雷不及掩耳的速度將牠掠起。接下來我們比賽誰的蟬兒最會拉嗓子。輸的再上樹抓去。我們也常比賽撿蟬殼。蟬的蛻變與青蛙、蝴蝶的異樣成長過程，總成爲我日後跌倒時，自我催眠的療傷藥。

那個時代，沒有太多的電視節目，也沒有當今各式各樣的遊戲機、電動玩具和網絡，因此在樹上一躺就是一下午。我開始喜歡幻想了，逐漸的也開始讀偵探小說。有時我們會假扮水手，在樹上極目遠眺，然後寫下日誌。譬如記下隔壁的石油公司，今天共來了多少車，什麼顏色最多？譬如觀察石油公司的員工宿舍裡，那位專司打掃、燒洗澡水的阿婆來了嗎？譬如留意隔壁那座廢棄的莊園，是否有異狀？

常常想，如果沒有那棵梨樹，我的童年恐怕就不那麼精采了。

長子出生之後，我常抱著他在樹下乘涼，並想著如果孩子也能在梨樹上渡過童年該多好？由於老家老早被政府廉價收購，征爲預定的馬路用地。兒子三歲以後，再也沒有種著梨樹的娘家可回。父母舉家北遷，在我的住處附近定居下來，好就近照顧我的孩子。梨樹在推土機的怪手裡被摧殘毀滅，從此只留在回憶中。

兒子七歲時，我們移民加拿大。雖然到處是參天的大樹，但都不許攀爬。曾經我們夢想能買到一座後院蓋有樹屋的房子，然後在那兒落地生根。只可惜外子的工作幾度遷調，蓋樹屋的夢想從沒有機會實現，倒是孩子長大了，早就不需要了。

前年我們在多倫多郊外，意外買到院後植有一棵西洋梨樹的獨立屋。孩子並不興奮，倒是我整天在偷窺它。其實種果樹很麻煩，尤其是現在政府禁止住家用農藥殺蟲。也因爲這樣，我家的松鼠、浣熊特別多，甚至常有小灰兔來撿食地上軟軟的水梨。但惹來的蚊蟲也不少。

然而這樹長得太單薄，樹身太軟，不能攀爬，一點都不像是我幼年的那棵長滿強壯臂膀的大樹，但開花時節是一樣的美豔。當梨花紛紛洒落如雪花，當它鋪滿草氈時，我好像又回到了幼時窗前。我撿了滿袋的雪花，將它拋撒空中，讓那美麗的記憶也移植到這棵西洋梨樹上。

二〇一〇年三月十日於多倫多

二〇一〇年四月七日發表於中華日報副刊

# 處處聞啼鳥

初春，大地還未換上嫩綠新裝，樹木黑褐，草地枯黃，世界含情脈脈的等待春雷敲響。一個週末早晨，我拉開車門，正要邁開大步時，忽然發現車道邊躺著一隻拇指般大小，羽翼未發的小雛鳥，奄奄一息抽動著。

兒子剛好蹦蹦跳跳的準備上車，一看見雛鳥便吵著取消游泳課。他振振有詞的說，小雛鳥等不及他上完課，就會死掉。看他一付泫然欲泣的樣子，我破例了。

不久，我家聚集了一群兒子猛打電話，召來的智囊團。他們團團圍著雛鳥，交頭接耳的決定了他們的營救計畫。

首先用紙板做成擔架，將牠送進屋裡。接下找來小臺燈，用暈黃的燈光溫暖牠。而後一起在地下室釘釘敲敲，做了一個漂亮的小鳥窩，並且撲上棉布，讓小雛鳥睡得舒坦些。然而問題來了，那就是怎麼餵小鳥吃東西？孩子們很自然的想到鳥兒愛吃蚯蚓，於是一窩蜂的衝出去，在尙未解凍的土地裡挖寶。終於找來一隻，切成濫泥後，撥一小口送進牠的喉嚨。孩子們興高采烈的猜測牠是什麼鳥，七嘴八舌的討論母鳥是怎麼的失去了牠？該如何把牠送回母鳥懷裡？整個下午，除了遊戲外，便是三不五十的派哨兵看看牠是否已睜開眼睛？直到夕陽西下才依依不捨回家。

隔天早晨，兒子一醒來就去探看，卻發現小雛鳥已經沒氣息了！他沉著臉的又把同學喚來。一會兒，小男孩們都趕來給小雛鳥送終，甚至還爲牠舉辦盛大的葬禮！女兒也召來一隊娘子軍看熱鬧，並且吱吱喳喳的指責男孩們太粗心，噎死了雛鳥。這一群十幾歲的孩子，就這樣傷心的渡過了他們的週末。

爲了彌補這點遺憾，之後我經常帶他們到保育地賞鳥。

記得第一次賞鳥，是在多倫多市郊的森林裡。也是剛化雪的三月天，踩著水溶溶的草地，一步一陷，正在抱怨森林一片光禿禿之時，忽然從四面八方飛來各色的鳥兒。回頭一看，原來是有人餵食。一時之間原本寂靜的森林，變得熱鬧非凡。不一會兒牠們又都飛回林子裡，再也看不見蹤跡。又有一次，在西郊的另一座森林，原本只是草木蔥蘢無啥可喜，一抬頭，卻見無以數計的剪尾燕子到處穿梭。正在驚嘆之餘，發現樹林夾道兩旁立著一根根信箱似的小木屋，原來那是政府替燕子做的家，讓牠們春天時回來愛巢繁殖後代。

除了保育地之外，住家附近也常見到藍鵲和紅色知更鳥，以及其它我不認識的鳥。有的小巧玲瓏，一身鵝黃色；有的色彩斑斕，頭上插著幡羽；有的戴著黑帽子⋯⋯，牠們總是啁啁啾啾的帶給人愉悅時光。

聽，我又聽見窗外鳥兒的呼喚聲。循著「忽——迪⋯⋯忽——迪」的哨音，走入林蔭深處。越往裡層探究，越是此起彼落的彈唱枝頭。一聲聲「咻——咻——篤篤篤，咻——咻——篤篤篤」，引來了眾鳥嘰嘰合鳴。牠們抖著顫音，在市區靜隅，開起歌唱大會，走著找著，我不禁心曠神怡起來。心弦不禁響起了英國詩人濟慈著名的〈夜鶯頌〉：

「'Tis not through envy of thy happy lot, But being too happy in thine happiness,--」（並非我嫉妒你的歡樂幸運，而是你的雀躍令我如許愉悅）

鳥兒啊，真是人類的好朋友，有鳥就有好山水，就有好人情。不要老是把自己關在電視與電腦的監牢裡，走吧，讓我們賞鳥去！

二〇一〇年三月七日於多倫多

二〇一〇年七月三十日發表於中華日報副刊

# 露營記

又到了草木新綠，春暖花開時節，處處露營地重新開放，家家戶戶又拖吊腳踏車、船等出遊。高速公路上一台台急馳而過，滿載露營道具的吉普車，總是令我不由得回頭望幾眼。一談起露營經驗，我可是有一簍筐的回憶。

記得第一次參加露營活動，乃是倉促應邀之舉。七、八家人齊聚尼加拉瀑布附近的野營地，然後手忙腳亂的開始搭帳篷、升營火、忙炊煮。搭帳篷需先勘查地形後，選擇地勢較高而又背風，並且隱密的位置。由於是生手，剛買了新帳篷，因此當我們循著「使用說明」一步一步築屋時，別人家老早就躺在又圓又大的饅頭裡納涼。當我們氣喘如牛的把鋼釘釘上時，已聞到各家準備的晚餐香味。趨前一看，魚、肉、蝦種種，二十幾道美食已排滿桌。正在懷疑別人的動作怎麼那麼快時，回頭一看，微波爐、電鍋、烤箱、瓦斯爐等電器都搬來了。原來那些老手們老早在家準備了山珍美味，到此只要加熱就好。真是超現代露營方式！

夜裡圍著營火暢談、唱歌，和著星月吹風，直到只剩一絲力氣，才收拾餐具食物，並將垃圾藏好，以免半夜浣熊來訪，拖得滿地髒亂。之後仍意猶未竟的入帳篷睡覺。沒想到睡到半夜竟打雷下起雨來！孩子也許玩得太累了，依舊沉酣睡著，倒是我和外子開始耳聽八方的無法繼續入夢。雷雨咚咚敲著帳篷，就像正敲著腦袋一樣，直覺就要被淹覆了，而一道道電光霹來，更是怵目驚心。當隔壁營地開始哇哇叫，不久聽見帳篷傾倒的碰撞聲時，我們更緊張了！幸好我們沒偷懶，帳篷紮得很結實，安然度過一夜。

清晨，雨停了，不過夥伴們個個都帶著熊貓眼，精疲力竭的在濕漉漉的草地上起營火、煮咖啡，然後彼此笑謔好好的溫柔鄉不住，卻選擇到此餐風宿露。然而清晨的森林，寧靜而美，處處鳥語花香，一夜大洗之後益發晶澈，這時延著河邊散步，更能享受脫盡塵埃的逍遙。而追求這種心靈如鏡與大自然完全溶入的感覺，便使我愛上露營。自此，每年春夏間我們總會安排兩、三次的露營活動。

逐漸的我們也成了老手，搭帳篷只須十幾分鐘就完成。我們有了更多的時間滑獨木舟、釣魚、騎腳踏車，周遊附近的古鎮市集。有一次就著滿天星辰找北極星，正找得專注時，發現身旁多了一條影子，亮亮的眼睛，讓人毛骨悚然。仔細一看，是一隻大沉熊，正安靜坐在一旁跟我們一起數星星呢！此後，我們更進階的挑戰沒水沒電的營地，享受更原始的生活。不過有黑熊出沒的場地，我們還是不去爲妙。

由於沒水沒電，這時現代化電器都派不上用場，得攜帶油燈、煤炭、烤肉架等工業革命之前的產物。其中蚊蟲藥更不可少！然而有一次，我們還是碰了大丁子，幾家人一夜之後都被叮成豬頭豬臉，因爲被蚊子追得無處可躲，隔日全都敗興而歸。因此事先打探該場地蚊子動向，也成爲必要檢視的項目之一。

爲了躲蚊子，有一次我們安排了秋日露營。這時保證沒有蚊子，並且紅楓似火，景色如畫。那一次我們還招募一家新手。他們向來沒興趣露營，外出旅遊不是住渡假村就是宿高級大飯店。爲了幫助他們投向大自然，我們幾家人又是供應帳篷又是供應手電筒的，連哄帶騙的把他們拐進山林。然而那真是悽慘而又難忘的經歷！

原本天氣很好，我們剛準備好一大桌菜餚，正準備享受美食時，滴滴答答下起小雨來。幸虧有第一次露營就遇上大雷雨的經驗，自此我們一直都帶著雨篷。拉開雨篷，大家辛苦的爬樹紮繩，快完成時，說時遲那時快的下起滂沱大雨來。幾家人躲在兩坪不到的小雨篷下，開始大快朵頤並談天說地，倒也不理風雨。那是十月初的加拿大，太陽下山之後，天氣驟降至十度左右，我們越談越冷，越吃越發抖，最後都躲進帳篷裡就著油燈陪孩子玩撲克牌、聊天，如此卻也發現另一番風味。入夜之後，雨雖停了，但寒風刺骨，大夥不像平日幾乎通宵就著營火驅炭閒扯，而是早早躲回睡袋中就寢。由於我們的新手太晚答應，因此他們的營地不能和我們連成一體，而他們也喜歡安靜，因此一家人選擇到另一區營地去。夜半，當我們好夢正酣時被叫醒，因爲我們的新生有狀況，需要搶救。

原來半夜裡又霹靂啪啦的下起雨來。先是他家小男孩溟黑中被雨滴滴醒。我們的女主人暗夜一摸，以爲孩子尿床，推醒了男主人，再仔細一看，原來是帳篷頂端破了個洞，雨正如注！哈哈，原來那帳篷許久未用了，臨時從倉庫中挖出來借他們，也不知何時有了破洞？再來電池沒電，倉皇之間，孩子開始大哭大鬧，夫妻倆不知如何是好？借帳篷的那家人，趕緊到現場補破洞，暗夜裡擰水擦地的饑寒交迫。最後他們還是狼狽而逃，天亮前躲進附近的小旅館收驚去也。清晨我們才補完一陣眠，竟聽見帳篷頂，嗶嗶剝剝的下起小冰雹。真是「屋陋偏逢連夜雨，船遲又遇打頭風」！揭開帳篷一看，外頭銀白一片，襯著楓紅，真似仙境！不久朝陽綻放，初雪一會兒全化了，照眼的是比昨日更金光燦燦、更熾烈更火熱的楓葉層層。當我們圍著營火正淋著楓葉糖漿，吃香噴噴的鬆餅時，他們吃完麥當勞熱騰騰的早餐後過來了！

因爲沒先上初階班，直接跳到沒水沒電的荒郊野外，從此他們聞露營色變，根本還未領略大自然美的細微末節處，就已撤退。我們一直很愧疚，不過多年之後回想，倒覺得那是一段充滿戲劇張力的旅程。

我們依然樂此不疲。曾經學人家住渡假村去。然而過於現代的結果，反而個個抱著電腦電視，僅用游泳與室外網球等高級渡假方式來取代原始之樂。事後總覺得和住在家裡沒兩樣。生命如果沒有曲折，那麼生命還有何樂趣？只有露營才能真正躺在大自然的懷抱中，盡情享受它的潤澤以及那一點因美麗的錯誤而造成的供日後念念不忘的小插曲。

二〇一〇年三月七日於多倫多

二〇一〇年八月二十四日發表於世界日報副刊

# 腳踏車之戀

## 之一

那是我生平的第一輛腳踏車，全身綠油油，閃亮的全新坐騎。它潤色了我的童年，也給了我一段夢般的回憶。

彼時放學之後，我經常載著弟弟，開始當日的探險。每一次，我們會把逛過的田野馬路一一畫下來，做爲航圖，一方面留下征服過的戰勝記錄，一方面做爲下次出征前的參考。穿過阡陌小路，我們常到隔壁小鎮尋找意外的驚奇，或把堂兄弟姊妹找出來，一起呼嘯過街，然後膩在附近工廠的草地和另一群孩子玩騎馬打仗遊戲。記得草地上，有一條現成的壕溝，看起來就像戰地。我們利用那條壕溝當界碑，只要被拖出界線就算陣亡。陣亡的人，只能坐在一旁觀戰，更重要的任務是看好我們的腳踏車，以免另一票孩童，趁我們不注意摸進來隨意騎走。就這樣雙方人馬折樹枝充當刀劍，兩人一組，輪流當馬和勇士，雙方廝殺到夕陽下山，才各自騎車回家。

找不到任何人可以出來玩時，我和弟弟就單獨的留在田野溪流間抓魚。有一次，我們抓了一罐看起來很奇特的小魚，興奮的帶回家讓母親瞧瞧。她一看大驚失色，原來那是吸血蟲！媽媽三令五申之後，我們只好遠離是非之地。

弟弟稍大之後，父親找來一台較小的二手車給他。從此我不必負重載他。因而可以「野」的範圍更大。懷著哥倫布發現新大陸的好奇，我們的觸角越伸越遠。有一次，意外闖進一座磚窯廠，我正在瀏覽時，看見弟弟臉色鐵青，匆忙上車，箭一樣的往廠外衝。我來不及問原由，也只能跟著衝出去。偶一回頭，才發現後頭正有一條兇猛的黑狗追出來！我生平第一次感到害怕，死亡的陰影攫奪那天的閒適，那種奮力逃生而屁滾尿流的感覺，在黑狗的影子消失時，才獲得喘息。逃離一段距離後，弟弟還回頭對牠伴鬼臉，一付勝利的模樣，如今想來，真是驚險。

有一天傍晚堂哥突然騎車到訪，他說他發現一間鬼屋，就是我們家附近那棟西式洋房。他說他想利用晚上摸黑進去瞧個究竟，並約好集合時間。我暗暗向父親查探了一下，原來那棟西式洋房的主人，前幾年喝酒賭博時，輸掉所有家產，不知流落何方。那棟西式洋房已被法院查封，看進去，偌大的院落蔓草雜生，倒真有點肅殺之氣。

月亮出來的時候，我們把腳踏車停在圍牆邊。腳踏車的影子並排重疊，襯以搖動的樹影，彷彿置身陰界入口。那陣子，我剛在廟裡聽過目連救母的地獄描述。想像力的聯結，讓我在躡手躡腳間汗毛直豎。那個年代，我們沒有人買得起手電筒，只能靠著窗外洩進的月光勘查。到處的蜘蛛網和灰塵，把這棟洋房包進一個神秘的傳說。堂哥聽說這棟洋房每晚會傳來哭聲，好奇心驅使我們跟著堂哥爬進地獄的甬道。一陣驚叫，只見堂哥兩眼冒金光，一付中邪樣，瘋狂的亂竄，箭也似的逃到院子裡。我急忙閉上眼，抓著弟弟一起衝出去，啥也沒見著，卻早已冷汗直流。穿過芒草，回頭月光還在那裡笑著。弟弟一直問堂哥，倒底看見甚麼？堂哥神定之後，說他看見一道光，光處有一個女鬼，正嗤牙裂嘴的走過來。翻牆的時候，我還驚魂不定的回頭看，每一扇窗戶緊緊裹著，風嘯著，好像還真有影子搖動。唯一讓我們安心的是，我們的寶馬還並排在那兒等候差遣。

那天晚上，我和弟弟都不敢洗澡，姊弟倆早早躲進棉被裡直打哆嗦。弟弟一直問我是不是真的有鬼?直到他呼呼大睡，我還望著天花板想著目連救母的故事。自此之後，大伙起哄看鬼片，我一定溜之大吉。

一個星期日的早晨，當我和弟弟預備出遊時，弟弟倉皇的大叫：「腳踏車不見了!」。我們隨父親到家附近尋找，卻不見任何線索。新腳踏車不見了!綠色光亮的腳踏車不見了!之後，父親也不想再買一台給我們，他趁機要我收收心。他說我太野了，不像女孩子!

常想，如果沒有那台腳踏車，我的童年還會那麼精彩嗎?當別人騎著腳踏車呼嘯而過，特別也是綠色的，弟弟都會追上一陣子。那年我十二歲，差我二歲的弟弟又矮又小，怎麼也沒想到，幾年後，他長得又高又俊!綠油油、閃亮的全新腳踏車再也沒有回來過，我野人般的童年生活，也因失去坐騎而提早結束了。

## 之二

師專五年級時，我接了一個家教。爲了方便教學，只好先投資一台腳踏車。於是，每周一、三、五傍晚，我騎著我的鐵馬，從學校直奔新竹市郊外的學生家。記得有一次回程時，騎到半路，下起大雨來。我在雨中狂騎，有那麼瞬間，感覺自己是海洋中乘風破浪的一條船。讓大自然按摩的舒服，如同置身瀑布。雷霆萬鈞的雨勢中，我意外的發現，讓雨打透一身的感覺，竟是那麼愉快！

畢業前，爲了要清掉宿舍裡的個人財物，有個週六中午，我決定把腳踏車騎回家。延著省公路，由新竹經香山，一路騎回竹南。騎騎走走，香山的坡邊，牛羊三三兩兩的閒幌，浮雲低到伸手可及似的。

繞過崎頂海邊，我已無心欣賞海浪沖堤的美景。一路上只忖度著畢業後的去向。那年，我二十歲，騎著腳踏車，心中翻騰的是該如何利用教書之餘剩下的時間準備大學考試。而我怔忡不安的心，只有我的寶馬明白！傍晚回到家中，父親惶恐於我這毫無計畫的行動，然而他不知道，由於這次的壯舉，這一生許多事、許多決定，我都相信我可以完成它。

我把我的第二匹寶馬留在家鄉，獨自北上任教、求學。記不得那匹寶馬的去向了，異鄉執教、求學的歲月，趕公車、追公車，早使我將它忘得一乾二淨。我以為我會留在臺灣任教終身，從沒想過有一天我會坐在這異國的雪窗前，思念著那些少年時光。「人生不相見，動如參與商；今夕復何夕？共此燈燭光。」少年的我，怎會明白杜甫詩中滋味呢？

## 之三

移民加拿大之後，腳踏車又掀起了生命中的另一高潮。那時因外子的工作機緣，我們住在加拿大的首都渥太華。每年三月一到，等不及雪溶，商店就磨拳擦掌的打起腳踏車促銷戰。各式各樣的腳踏車琳瑯滿目的疊在商家的櫥窗裡。看到那些廣告紙，就知道春天不遠了。半年的冬天過去了，加拿大人都知道要好好的享受合起來只有半年的戶外時光。其中，最熱門的活動，乃是全家騎腳踏車出遊。

為了給七歲的女兒找台她滿意的腳踏車，我們跑遍整個城。終於在城東玩具反斗城裡找到一台，也是唯一剩下的一台，那種能立刻吸引小女孩，專爲芭比娃娃設計的粉紅腳踏車。她一坐上去，便不肯放手。於是，扶著她直赴櫃台付賬。從此，粉紅腳踏車成爲她的新寵。

每個假日，爲了訓練女兒駕馭它，我們都陪她馳騁公園。說是馳騁，還真有點諷刺，因爲女兒馳騁的時候，椅座邊總有雙保護的大手，扶著腳踏車跟著跑。看著外子氣喘如牛、滿頭大汗的嚷著說：「不行了，爹地不行了！」，而正在熱頭上的女兒，總是噘著嘴說：「又要休息了！」。這樣熟悉的情節，一代又一代上演著。記得父親不也曾擔心我練車時摔倒而抓緊我的椅座，追著我的速度跑？月光下，父親的側影，映在灰黑的水泥地上，就像菩薩保佑著我。那影子讓我壯膽，勇敢的踩著，快樂的往前衝。不知父親陪我練過多少回？只記得有一次，當我頭也不回的迎風而上，正在悠遊的遨翔之際，忽一回頭，發現父親的側影早已不見了！定神一看，原來他正在遠處欣賞我多時。我像斷線的風箏，差點失速掉了下來，在父親呀然的急切聲中，我再次乘風而起。那一夜，我會騎腳踏車了！那天我像剛長美麗羽毛的鸚鵡，嘎嘎的大叫著。

外子陪著女兒練車時，我總站在樹下回憶著父親的關愛。常想著，難怪天下女兒總有一個夢，尤其是青春少女時，總期待著一分縱容的愛，一分無怨無尤，毫不奢望回報的愛。原來期待著的正是一分父愛。

至於兒子，也許男孩天性勇敢，或者撒嬌會被取笑，總之，他自己早已學會了。我一邊欣賞外子陪著女兒練車時的狼狽樣，又一邊欣賞兒子飛馳的英姿，常常會忍俊不住，笑個不停。這樣的合家歡，也在公園的各個角落上演著。

全家都會騎腳踏車之後，假日就不無聊了。森林保護區裡所規劃的腳踏車車道，自我家街尾開始，連結上渥太華河畔及到達對岸魁北克的國家公園。跑一趟下來，需時一天。我會準備好全家的運動飲料、點心，外子會令孩子們帶上頭盔、護肘護膝的道具，準備好擦傷藥。然後他一聲令下，我們出發奔馳。途中，遇上許多家庭，大家揮手說哈囉，愉悅之情，盡在不言中。

常常我們會遇到腳踏車後掛著幼兒座車的家庭。辛苦的父親奮力踏板，母親押後陪著較年長的孩子慢慢追趕。那樣的畫面，真是至美的人生。我們總會跳下車，羅列路旁，讓他們先走。女兒總嬌嗔的羨慕座車裡的幼兒，外子則在一旁慶幸不必當車夫。就這樣，我們陪孩子騎過了許多個夏天、秋天。直到他們各自有一群同學邀約騎車出遊，全家騎腳踏車的樂趣，才不得不拱手讓位。又過了幾個夏天，當我們再陪孩子騎車出遊，當他們一忽兒消失在眼前，而我們眼冒金星的追上早已在一旁納涼等候的兒女時，才發現我們的體力早已不及兩位少年郎，更有甚者，乃是他們跟同伴出遊的興致遠高過與父母出遊。悵然若失的我們，從此之後，只能望著孩子與同伴奔馳而去的背影默禱。

多麼希望時間能停止在全家騎腳踏車出遊的那些晨昏呵！而今我的腳踏車，早因年久失修而癱瘓一旁，外子的腳踏車也早已當廢鐵回收走了。中學以後，孩子和他們的玩伴也早已不興騎車。現在他們有更好的課外節目，看電影、打保齡球、唱卡拉OK、逛街…，似乎沒有人還會想騎車出遊。然而，他們的腳踏車，我們依然細心的幫他們存放著。希望有一天，當他們爲人父母時，會想起和感激我們曾陪著他們走過的那一段路。當他們又扶著他們的孩子的椅座追著跑時，會忽然銘感五內，記起我們曾給予他們的愛。

每一次我遇見小孩拉著父母的手，固執的要他心目中的腳踏車時，我心中都會吶喊著：「買給他吧！買給他吧！童年只有一次，不要讓他的夢想留白！」當他們滿足的牽著心愛的寶馬經過我時，我總會怦然心跳，好像那是自己正滿足的走出店門口，昂昂首，蹬上椅座，開始這獨特而又回味無窮的腳踏車之戀。

二〇〇九年一月二十九日於多倫多
二〇一〇年十二月十九日發表於自由時報副刊

# 與臭鼬鼠大戰記

「哇！快閃啊！」當車過樹林，我們就像失足落水似的立刻停止呼吸！繞開林子後，才浮出水面，暢快的吸氣。原來今天又遇見了人人聞之色變的臭鼬鼠！

臭鼬鼠是北美常見的小動物，黑身白邊，尾巴紮著馬尾像天真無邪的可愛少女。牠晝伏夜出，原本與人類相安無事，但一旦受到驚嚇（偏偏牠是那種動不動就驚嚇不已的類型），所到之處都是留臭屁到此一遊。那臭味就像是不小心砸碎了的臭雞蛋，噴逸出來惡臭，讓人捏住鼻子不打緊，更是汗毛直豎，只想拔腿就跑。這小動物，便是惡名昭彰的臭鼬鼠（Skunk）。

提起臭鼬鼠我可是滿肚子委屈！話說有一年初春，我在院前院後，開始經常聞到撲鼻而來的臭味。不久發現，前陽台邊年年準時報春的紫色風信子忘了發芽。正傷心的料理後事時，才發覺陽台底下的泥土早成一個大窟窿。這時才發覺不妙！原來臭鼬鼠成了我家房客！更甚者，牠開始亂撒糞便以及亂丟搜括而來的骨頭。天啊，牠的這種舉動真是孰可忍孰不可忍啊！

爲了驅逐這不速之客，我首先用水噴牠的巢穴。然而灌得整個花園都鬧水災了，那臭鼬鼠卻連個影子也沒有，幾次下來只好作罷。稍後我自作聰明地在洞口擱滿刺玫瑰，或者撒滿辣椒粉，都無法驅走這惡房客。有天我終於怒髮衝冠地到花店問方法。花店老闆給我一種藥，說藥的味道會令牠作嘔而離境。於是我喜上眉梢的趕回家，以爲把藥扔進洞口就可高枕無憂，甚至幻想著牠遷逃的情景，不覺好夢酣甜！但隔天一看，騙牠吃的肉骨頭倒是啃完了，毒藥卻一口也沒沾，反而被踢出洞外，灑的滿園都是。爲了怕人家飼養的貓狗貪嘴，我只好懊惱地清除現場。接下來我就像被打敗了的傷兵一樣，每天望著枯萎的花園興嘆！

有一天，孩子還說經過一整個冬天，牠恐怕早已兒女成群。這一假說使我開始惡夢連連，總夢見一窩臭鼬鼠，趾高氣揚的在眼前大搖大擺的啃骨頭，齜牙裂嘴的，露出凶狠模樣。而我唯一的戰略就只剩下「土封」——每天早上起來第一件事便是刨土封住洞口與牠糾纏倒底！也許牠玩膩了這「我封牠刨，牠刨我封」的每日練習操，入冬之後的某個清晨，我發現洞口未被刨開，顯然那臭鼬鼠一宿未歸，接下來幾天洞口也都完好。這下我可是樂得差點沒放鞭炮，心想那隻臭鼬終於棄甲投降，天下太平了。於是我昭告左鄰右舍，誇說我的毅力終於戰勝了牠！然後填上更多新土，結結實實的封住整個洞口後，滿心幻想著來年我的花園又將恢復榮景。

整個冬天，我滿懷期盼的等待春暖花開。初春某個清晨，我泡好一盞濃茶，好整以暇的哼歌聽曲時，那「面熟」的動物躡手躡腳的穿過籬巴，溜進我家後院。等我回過神來，牠已經往前院跑，一溜煙的鑽進不知何時早已刨好的深穴裡。那賊窩竟是不偏不倚的和去年同個位置！這時我才弄明白，原來牠不是搬走了，牠只是冬眠去了！睡了一個冬天，半夜出去覓食，清早回營讓我撞見了！在牠溜進洞口的同時，我也箭似的衝到現場，那一次終於真正看見那隻有白邊從鼻子連到尾巴的臭鼬鼠。只不過敵方似乎依舊孤家寡人，未見一窩子，真是不幸中之大幸！只是那臭屁縈迴不去，聚在花園裡久久不散，令人聞之胃如翻攪，作嘔不已。出入花園，我總得先憋著氣，確定沒有毒彈來襲才敢入境。爲了怕驚嚇牠，我變得神經兮兮的輕手輕腳起來，只求那隻狡猾的鼠仙別再胡亂放屁！然而牠依然毫無家教的亂灑糞便、扔骨頭，實在令人氣結！

二年後我因外子的工作搬到多倫多。聽說新主人求救於動物獵捕專家。據說黃昏時他們在洞口附近擺設幾個與臭鼬鼠大小差不多大並裝有食物的密封鐵籠子來誘捕牠。由於籠子不大，當臭鼬鼠一鑽進去，鐵籠子大門會立刻落下，並且卡住牠的尾巴，使牠無法翹起尾巴大放毒氣。守株待兔多日之後，終於將牠繩之以法，並由獵捕專家護送牠回到山林。因此，若您也遇上了惡鄰居，最一勞永逸的方法便是求救於當地合法的獵捕專家。

二〇〇八年五月十三日於多倫多

二〇一一年四月八日發表於金門日報副刊

# 紙箱世界

許多人都有搬家的經驗。搬家過程中，面對一口口大紙箱時，您可有特殊的回憶？究竟這紙的世界裡有何玄機？當魔術師揭開空空的紙箱，合上後不久竟抓出了小白兔或美女時，您可否瞠目結舌過？是的，我不只雙眼圓睜，我還曾是那經常躲在紙箱裡，等著時間把我變出來的醜小鴨。

由於父親的職業是修電器，後來有了一點資金，他開始賣電視和音響，從此家中經常堆滿卸下電視、音響後的一立方公尺左右的大紙箱。爲了躲開我那四個成天在我的小書桌旁繞來繞去、鬧著我陪他們玩老鷹抓小雞、甚至在我的書桌底下玩躲貓貓的弟弟妹妹，我開始喜歡藏在大紙箱裡讀書、發呆或自導自演手影劇。後來我將檯燈、枕頭、和一堆圖書館借回來的偵探小說也攜入紙箱。當他們遍尋不著我的蹤跡，當他們經過我藏身的紙箱，一邊喃喃自語的說：「奇怪，姊姊怎麼不見了？」時，我真覺幸福無比。

不久母親發現了我的地鼠計畫，她與我心照不宣，甚至故意引開弟妹們的狐疑，說我到圖書館去了。這樣一來，他們只好一起到戶外玩，如此我才有片刻的寧靜。然而好景不常，老早開始懷疑的大弟，有天便守株待兔地逮到出來透氣的我。我摀著他的嘴，告訴他不要聲張，誘拐他也去找另一口箱子躲藏，並且告訴他這樣一來，他就可以把心愛的玩具藏起來自己玩。他興奮的像找到一個超酷的遊戲般的雀躍著。我們倆便常常各自躲在自己的山洞裡享受清靜。由於大弟也經常忽然間就不見，有日，天機終於洩露了！

接下來，我的其他幾個弟妹也都如法刨製的各自擁箱而眠。有天傍晚，母親四處找不到孩子，當她有點憂心地問父親是否看見一夥孩子時，忍不住的小弟，終於在箱裡捧腹大笑起來！他覺得和父母捉迷藏的日子相當有趣，於是每當母親喚他，他就一溜煙地躲進紙箱裡。當父親需要紙箱來裝貨時，總會又好氣又好笑的清除藏在裡頭的寶貝。於是他發現藏著許多飛機模型的大弟的山寨；藏著許多自己手繪的洋娃娃及各式各樣洋娃娃衣服的大妹的寶窖；藏著一本又一本小說的我的基地。聰明的母親也從而發現我們的性向。至於小弟小妹當時年紀太小，除了藏糖果外，甚麼都沒有。他們躲起來只是爲了躲貓貓，很多時候，還躲著躲著就睡著了⋯⋯。他們睡著的模樣，就像蹓曲在箱裡的小貓咪，令人難忘。

如今我們姊弟妹老早都各自成家了，都有了各自的堡壘，都不用再把秘密藏在紙箱裡。時日久了，似乎大家都忘了這段童年往事。直到有一天五歲大的女兒，也在一口大紙箱裡鑽進鑽出，並不時調整自己的身體，我才忽然想起。看她忙了半天，我想莫非她也想找個山洞躲？難道是我經常進出她的房間，使得她不知該把秘密藏在哪裡？五歲大，就有秘密？這太不可思議，也太令人擔心！於是上前測試她的目的，不料她開心的說，她正在嘗試怎麼躺會比較舒服，那麼我們就可以把她裝進紙箱，貼上郵票，寄給外公外婆。她說時的模樣是很認真的！

除了捧腹大笑外，我也從而查覺她隨我們辭別帶她長大的外公外婆遠渡重洋後，面對新環境的忐忑與思念！原來空空的紙箱可以包藏那麼多的心思！然而說也奇怪，小時候，常常想躲開弟妹，如今反而希望那空空的紙箱，就是童年的入口，鑽進去，我又回到那無憂的童年時光，又是那揮動著大翅膀，天天和弟妹玩著老鷹抓小雞的黃毛Ｙ頭！

二〇一〇年十一月二十三日於多倫多

二〇一一年八月十九日發表於聯合報副刊

二〇一一年九月三十日發表於世界日報副刊

# 土撥鼠報春

你真會報春嗎？你真的知道春天的行蹤嗎？每年二月二日，加拿大安大略省小鎮威爾頓市（Wiarton）都會吸引成千上萬的人來觀望你的出關大典，你的名字叫威利（Willie），威利，你真的知道春天在哪裡嗎？

土撥鼠節（Groundhog Day）是個非常有趣的節日，儘管我沒空去朝拜，但還是會從媒體上追蹤你。威利，他們說今年沒看見你的影子，所以春天不遠了；但你住在美國賓州的兄弟菲爾（Phil），卻在甦醒後看到自己的影子，所以牠又回去睡了，牠說春天還有六週呢！你們怎麼意見不同呢？難道跟今年加拿大的暖冬有關係？若是，你可真行，連聖嬰現象都可以預測？

根據專家的解釋，土撥鼠會否看見自己的影子是與該日陰晴有關。北美冬天出現晴天是因爲北極乾冷的空氣所致；若出現陰天則是因爲大西洋吹來了濕暖的空氣。所以當你沒看見自己的影子，表示春天就要來了，當你看見自己的影子，表示春天還有六個禮拜！

威利，我們已經恨不得脫掉臃腫的大衣了，你預報春天不遠了，真令人振奮。「The trumpet of a prophecy! O Wind」（這預言的號角吹響了！喔，西風），「If Winter comes, can Spring be far behind?（如果冬天來了，春天還會遠嗎？）」，這是英國詩人雪萊〈西風頌〉的名句，我把它改成：「The trumpet of a prophecy! O Willie, If Willie comes, can Spring be far behind?」送給你。

多麼大的殊榮啊，代表所有冬眠中的動物偵查春天！孩子問，爲什麼不是浣熊呢？爲什麼不是松鼠呢？嗯，這得感謝一個叫威利的農民，因爲他在一九五六年二月二日早晨八點，在安大略威爾頓市的郊外看見許多你的族類紛紛探出了頭，而後他依據歐洲老祖先的傳說去觀察你們，那一次他看見了你們的影子，那年春天果然六個禮拜後才到，就這樣一傳十，十傳百……。威利，你成了最佳氣象員，你使得威爾頓市忽然馳名遠播。你瞧那些四面湧來的媒體和遊客，都目不轉睛的等你出洞，你負責報告春天行蹤的小傢伙，真是好跩啊！至於這個傳說，事實上是來自傳統的天主教節日——聖燭節（Candlemas Day），爲了紀念聖母瑪利亞將聖嬰耶穌獻給聖殿的事蹟。聖燭節也正是每年二月二日的這天，這天家家戶戶會在家中每個窗台上都點盞蠟燭以爲追思，同時謠傳如果出太陽則冬天尚有得玩，陰天則春日在即。有首英語民謠是這麼唱的：

If Candlemas be fair and bright,（如果聖燭之日天氣晴朗而明亮）
Come, Winter, have another flight;（來吧，冬天，我們將有另一次飛行）
If Candlemas brings clouds and rain,（如果聖燭之日帶來陰雲和雨水）
Go Winter, and come not again.（走吧，冬天，不要再來了）

也許是你也正巧會在二月二日的這天出洞吧？於是你成了大明星。讓大家在過了一個寒冬之後好好幽默一下。而這樣一個活動引起我感興趣的，不是你報春的準確度如何？而是圍觀你的那些群眾。是怎樣一顆天真的心，會讓他們扶老攜幼的放下手中的活，趕來這個小鎮看你？赤子之心躍然洋溢，人與動物的默契水乳交融，在這樣的氛圍中，我不禁又開心又感動。

春雷驚蟄，萬物初醒，不久迎春花將要綻放，不久桃花紅李花白，百鳥齊鳴，溪水潺潺；又冷又濕的種子將鑽出泥洞；海面重新蔚藍；山巒再度青翠；枯死的思緒將再生；人們又是一朵朵會走的花。威利，我們已經渡過了陰霾的冬天，讓我們一起從冬眠中醒來。當你沒有看見自己的影子，當你在洞外嬉戲時，人們不禁高聲歡呼。即使是看見你的影子也無妨，因爲四十二天也會很快的過去。讓我們一起隨你在即將解凍的褐土上跳躍，讓我們一起抖落霜雪，在這乍暖還寒時節，享受「春眠不覺曉，處處聞啼鳥」的慵懶。在即將吹來的芳香前，讓我們準備好無涯的胸臆，好大吸一口春天。威利，我準備好了，你呢？

二〇一二年二月十六日作

二〇一二年二月二十九日發表於世界日報副刊

# 杜鵑花開時

踩著水溶溶的草地，我的皮靴幸福地吱吱嘎響著。公園與車水馬龍的大道爲鄰，轉彎之後，愛德華公園卻依舊靜謐地浮於塵囂之上。佇立河邊，就著婆娑的樹影，數著微風撩起的波紋，享受著早春的百鳥齊鳴，不覺如臨仙境。循著山坡往上走，古木參天中隱隱夾著一間間豪宅。公園附近雖是多倫多的富貴區，但公平的是愛德華公園屬於整體市民。

循著一隻啁啾不停，搶盡我所有聽覺的紅鳥上溯林木深處，悠然神往中，乍見幾株杜鵑花正迎風怒放。忽然間我看見故鄉台北浮現在這花團錦簇間，忽然間我看見陽明山的硫磺煙火，正興起波瀾潮湧而來。原來我又做了白日夢，以爲正頂著台北的天空，眺望山下的櫛比樓宇呢！

去國之前，每逢杜鵑花爛漫時節，全家一定大包小包的上山踏青、遠足。記得母親總是燉煮好一鍋茶葉蛋，爬行一段山路後，大家饑腸轆轆坐在路邊搧涼時，適時的捧出，噴香四溢，帶來一頓飽足。記憶中，陽明山總是擠滿好多好多的人，處處是花傘，處處好不熱鬧！那時總想著，要是能獨占一棵杜鵑，從各種角度去拍些專輯，而不受來回晃動的影子干擾該多好？現在，我獨自面對這棵沒人搶的杜鵑，不知為何竟快活不起來！

少年時光，一直想飛。飛離故鄉，飛離一切。「西出陽關無故人」不是問題，總想望「天蒼蒼，野茫茫，風吹草低見牛羊」的平原壯闊，總想飛得越遠越好。於是，我真的飛走了，降落在白雪茫茫的渥太華機場。幾經輾轉，又搬來多倫多。不想飛了嗎？不，想飛的心比少年更熱切，這回想飛回故鄉，想嗅一嗅陽明山上的杜鵑花香，想到北投地熱谷再煮一鍋白蛋，想著年少輕狂的那些歲月。

還記得子夜時分，燒肉粽的叫賣聲，一陣一陣的傳來，總讓挑燈夜戰的我，精神一振；還記得巷口蚵仔麵線的濃濃香味，總讓肚子不知不覺咕嚕咕嚕叫起來；還記得穿過臭豆腐店，總會忍不住的捏著鼻子，渾身卻興奮不已；還記得在夜市裡汗流浹背、磨踵擦肩，只爲一嚐幾碟小吃。味蕾的刺激，總是站在第一線的惹起鄉愁！爲了解鄉愁，於是一家家標榜有故鄉味的中餐館，小吃店，便在多倫多雨後春筍般地開張起來。說起來多倫多的華人是很幸福的，兩岸三地的美食，在這自由的國土上，恣意發展，雖不是應有盡有，卻足夠解饞。這幾年多倫多還經常有臺灣夜市的活動，耗上個把小時排隊買蚵仔煎，這也說明人的味覺是十分頑固的。

只是杜鵑花啊杜鵑花，你怎麼也移民了呢？你習慣這兒的陽光這兒的水嗎？記得陽明山上的中秋夜吧？滿山的人潮，歡喜團圓；記得舊曆年的鞭炮鑼鼓響吧？滿街的年貨，滿街的春聯；記得元宵夜吧？整座紀念館光輝如晝，各式各樣的燈籠高高掛；記得清明掃墓吧？高速公路大塞車，空氣裡盡是艾草香；記得端午粽香吧？

記得中元祭祀吧？鹽水蜂炮，平溪天燈…，這時我才終於明白那些僑居三十年的老同鄉，爲何在欣賞著文化辦事處所準備的新年晚會時，會簌然落淚！

幾隻知更鳥在風籟間隨口哼著小曲，喚醒了我與杜鵑花的對話。算了，別陷入鄉愁。做了過河卒子，只能拼命向前！就像這杜鵑花，不也好好的年年綻放？只下坡的腳步，不知爲何沉重起來？

二〇〇八年十月二十六日作

二〇一二年五月十日發表於世界日報副刊

# 來電了

「天乾物燥，小心火燭」，這是古裝片入夜時分常聽見的更夫報時警語，然而在加拿大，我要敲鑼喊的，可是：「天乾物燥，小心觸電」！

由於北美冬天氣候乾燥，靜電無時無刻不存在著，因此被「電」的感覺時時會發生。一握門把、一開車門、一握手、一脫衣服、一開水龍頭、一掀棉被…，啪啪啪的，蜇得人不得不成縮頭烏龜。尤其是摸黑進門時，忽然啪的一聲，會讓人直覺屋裡藏有壞人，自己被伏擊了呢！於是你會發覺人們在開門時都變得小心翼翼，有時先快速拍二下，探試靜電程度；有時乾脆手伸進袖子裡，隔著衣服開門；更專業的得穿上防靜電鞋…。剛開始家人都覺得很好玩，更喜歡把手放在別人的頭上方，看見對方怒髮衝冠，大夥笑個不停！一失去戒心，啪的一聲被對方大衣電著，就真是惡有惡報。漸漸的，沒有人喜歡觸電的感覺了，也沒有人願意穿羊毛衣了，踮手踮腳就是怕被電。

人與人之間來電了，應該是多麼羅曼蒂克的事！所謂的「一見鍾情」，是心靈上的反應，是一種不期然的觸電效果，如果這種吸引是雙方性的，那麼唯美的愛情圓舞曲就要旋轉出彩色的花蕾！多少少男少女曾有過這樣的夢啊？「心有靈犀一點通」，靈犀就是電流吧？當彼此的腦細胞因爲某句話、某個動作、某個一顰一笑而啪啪啪地電著時，是多美的詩篇啊！但當彼此肢體碰觸，冷不防擦出真正的火花時，可不是甜甜蜜蜜，竟是驚心動魄！第一個反應，彼此都會真的嚇一跳，本能的向後倒退，然後摔著手說：「好痛啊！你不要再過來！」。原來兩人真的來電了，一點都不浪漫！

據說人體靜電可以高達二萬伏而不自覺，當啪啪聲伴著藍色火光時，就已高達七、八千伏，難怪總有酸麻、震顫、刺痛的感覺。根據專家意見，長期接觸靜電，對身體危害甚巨，會一點一滴地蝕去人的健康。有心血管病的老年人更要留意，因爲長此已往，會讓病情加重，甚至引起早搏。所以就有人建議冬天屋裡多放盆栽以保持適當的濕度，平日也多赤腳踩著大地，如此可以妨止靜電在體內積蓄。

光腳踩著草地泥土地，之所以讓人心曠神怡，原來是這麼一回事！而屋裡置放盆栽也不只是詩情畫意而已！長久以來，我們的腳丫子，都讓鞋襪保護的好好的，因此逐漸失去與土地親和的零距離感；或許我們怕髒怕冷也怕被笑，所以無法享受酥癢沁脾的感受，就像我們都習於自我保護，從不輕易釋放親愛話語，早已無法領略心意相通的一見鍾情。

於是只要到公園，我都會嘗試裸足而行。踩著軟軟泥土，讓腳趾頭親吻它；赤腳踏石，讓腳趾頭無拘無束的伸展；褫盡鞋履，素足大自然，放掉通身的電荷，一種如釋重負的舒暢襲來時，我享受到另一種觸電感。它不刺人，不令人顫慄，它只是輕輕鬆鬆的，讓你想飛想高歌。我喜歡拖著家人，光腳走過青青曠野，盡情享受全家人心情來電的曼妙情懷。這樣子的來電，我喜歡，我喜歡天天讓土地「電」！

二〇一二年二月十七日作

二〇一二年五月二十七日發表於中華日報副刊

# 沉思的大雁

春光初現正是郊外踏青好時節。此時群蝶飛舞，一對對加拿大雁掠空而過，令人不住抬頭，追索著天空的翅影。這時候漫步湖邊，春光如醇酒，焉能不醉！

走著走著，忽然在湖邊花叢下，瞥見一隻加拿大雁，蹲坐草地上，動也不動。陽光晒著牠的背，光燦的就像隻新漆的木鳥。冥想禪坐，我真想學這智慧的鳥，不問清風不問菩提。於是忍不住趨前觀賞，就在這時，距離不到二公尺，原本在湖裡悠遊的另一隻雁，忽然拍翅，以飛快的速度游過來。外子立刻將我拉開，然後笑著說：「妳還上前，不怕被牠的老公啄嗎?牠正在孵蛋！」，一聽，我噗嗤一笑，趕緊對牠低頭賠不是，同時也爲這畫面深深感動。喔喔，原來牠在孵蛋!而那隻公雁就近守候著！

人間有情，禽鳥動物亦不遑讓，忽然徹底明白素食者的情懷。然而由於保育政策的實施，近年來這些野雁以非常驚人的速度繁殖著。這些野雁不斷啃青草，也不斷排泄，因此到處都是灰綠色的雁屎，不只是公園，連人行道也不安全，鬧得市民散步時需小心翼翼。若遇到雁群大搖大擺慢慢地過馬路時，還會造成交通大堵塞，因此當牠們成群低空掠過時，有人還形容簡直是回到侏羅紀時代一樣。多倫多市民開始怨聲載道，政府只好將牠們遣散到郊外保育區，同時派人搜括鳥蛋，塗上沙拉油，使胚胎窒息，無法孵化。用這種方法來節育野雁，目前堪稱是最人性的。當我把這聽聞說給外子聽時，忽然他回頭問我：「那麼母雁都孵不出小雁了，會不會得憂鬱症啊！？」，啊！啊？是啊，母雁都得憂鬱症，怎麼辦啊？

不用說，這個地球，除了未知的神之外，所有生靈都由人類主宰。保育節育，都在人類的算計中。大凡物種多了就不稀罕，如今這些加拿大雁的命運正是如此。

二十世紀初，由於上一世紀的嚴重狩獵，雁群大量減少，爲此牠們開始受保護。但如今竟傳出紐約州那邊因雁群威脅到飛航，以致用一氧化碳一口氣集體屠殺了四百多隻！雖然保育團體不斷指責，但紐約州仍然聲稱要殺掉十七萬隻，只留下八萬隻，以免影響市民生活。聽來令人驚心，卻也無可奈何，畢竟萬一雁群真的造成危害，人類只有施出殺手鐧。所以這些雁命真是不保啊！不知道雁群是否警覺到牠們已不再那麼受歡迎？南來北往，天空中呈V字的雁群呵，不要有一天又消失了才好。

想到雁性更有趣。雁和天鵝一樣是一夫一妻制，除非另一半死掉，牠們是不更換配偶的。成年的雁總會保護著小雁，常常我們會看見雁父母一個領頭，另一個押尾的，帶著黃毛小雁覓食。如果有人靠近，雁父母還會發出嘶嘶的警告聲。秋天時雁父母會領著牠們南飛，年幼的雁不會離開牠們的父母，直至次年春季遷徙後，也就是當他們返回牠們的出生地時，才離開父母，各自成家。加拿大雁還會由幾隻成年的雁集體照顧一群年幼的雁而組成一個群體，被稱是「托兒所」（crèches）。這不是很人性嗎？望著不遠處，一群黑嘴、白下巴，挺著長長的黑脖子，灰身白肚子，到了尾巴處又成一搓黑尾的翎禽，此刻正整齊的排著隊伍前進，我不禁祈求起來：別殺牠們吧，加拿大國土那麼大，總有牠們安身立命的地方，不是嗎？

回頭再望望那隻沉思中的加拿大雁，我不免憂心著。不知道牠的雁蛋是不是已經被人類動過手腳，根本無法孵化！希望這些雁能趕緊飛離人類，到郊外的水域去。快走！快走！我禁不住催促著。別忘了，人類是萬物之靈，更是萬物之敵呢！

二〇一二年五月四日作

二〇一二年五月三十一日發表於世界日報副刊

# 粽香萬里

一家家華人超市，又擺出粽陣，各式各樣的粽子琳瑯滿目，令人垂涎！不用說，端午節又到了，多倫多的華人又不約而同的過起自己的節日來。

想起一則小故事。從前，姨丈遭合夥人陷害，事業跌入谷底。爲了躲開債主的追討，暫避山中一座廢廟。寒風冽冽，饑寒交迫，只靠野果充饑。幾日之後，有天姨丈正在覓食時，遠遠飄來肉粽香味。原來一年一度的端午節又到了！一位老婆婆正推車前來，準備下山賣肉粽。

姨丈搜遍全身口袋，湊齊的零錢，只能買一顆小粽子。他餓極了，站在山路邊，立刻大塊朵頤起來，吃沒兩口，他又將粽子包起來。老婆婆好奇的問：「粽子不好吃嗎？」，姨丈告訴她，不是的，他只是想留一半給還在廟裡的妻子吃。老婆婆聽了，大爲感動，問明他落魄的理由後，便免費的送他一顆，更祝福他早日度過難關。那天，夫妻倆一起享用了這世間最美味的東西。

日後他們東山再起，姨媽和姨丈說，那種香醇，這輩子從未再嚐過。後來，他們也一直找不到那位老婆婆。聽起來，真像是仙人相助一樣。姨丈說，一樣的食物，落魄時吃，跟富裕時吃，那種況味，真是天淵之別。因此他要求每一位晚輩，珍惜擁有的，即使是蘿蔔乾，那樣微不足道的小料，都要仔細品嚐，不要浪費作菜人的心思。

想到這，不免想起母親拿手的客家粽。每次回國，母親都會親手包好一粒粒粽子，等我們一家子回來品嚐。離去時，她還會再包幾串，塞進我的手提行李，讓粽香隨我漂洋過海，在歷經二十多個小時的飛行後，成爲我回到國外的家的第一餐。我告訴媽媽，一樣的食物，在異國吃和在家鄉吃，感覺也完全不一樣喔！因爲吃完就沒啦，所以會更珍惜！特別看著孩子吃完外婆的粽子，仍意猶未竟的舔著粽葉時，我開始請母親隔海傳授。因此，現在我也會應景的學媽媽把粽子五花大綁的包起來。

前幾年，到美國探視妹妹一家人，我也如法匏製的包二串粽子過去。我的洋妹婿吃得津津有味，一直嚷著要學做。於是我陪妹妹到華人市場買齊了料，邊話家常邊綁粽子。幼時，每到年節，幾個孩子繞著媽媽轉的饞勁，我在洋妹婿的臉上也看到了！真不知道西方人是如何看待這個節日？望著他拿著刀叉就著圓盤慢慢切慢慢嚐，那麼畢恭畢敬的模樣，我和妹妹心有靈犀的相視大笑起來！請他形容，他只會豎著拇指頭說：「It's delicious！It's delicious！」。接著我們搶著給他上中華文化課，在桌上教他寫「粽」字，說說屈原的故事啦，以及一則童話。

傳說森林裡住著一位每天給小動物說故事的老太太。後來她病了，沒人說故事了，小動物們都無精打睬。老太太於是把故事包進粽子裡，小動物吃完粽子後，便爭先恐後的把吃進去的故事說給大家聽。說著說著，想起小時候兄弟姊姊圍著媽媽抓著粽子邊吃邊七嘴八舌的聊天，畫面不也和森林中的動物一樣？而當時我們爭著說故事給洋妹婿聽的情景，不也是童話故事外一章？原來粽子還能爲大家打開話匣子呢！

我告訴媽媽，一樣的食物，不只因時因地而滋味有別，原來西方人跟東方人的吃法也不同呢！持著電話筒，告訴媽媽他就著刀叉吃，媽媽說，叫他抓著吃，那才能聞到葉香呢！他搖搖頭，然後問我們粽葉是什麼樣的植物？這下可難倒我們，因爲我們也沒看過，趕緊上網一查，原來是矮種的竹屬，學名是箬葉（Indicalamus Leaf），箬竹屬（I.NaKai）。他拿著粽葉聞啊聞的，不知不覺又吃了一顆。

我想起了母親的愛，想起天還沒亮，她就在那裡一邊炒蝦米、豆干和蘿蔔乾，又一邊滷肉，煮花生、切鹹鴨蛋；我想起幼時的種種年節，快樂的是我們，最辛苦的卻是媽媽！那時恨不得插翅飛回去，讓她吃吃我們姊妹倆合包的粽子！幾千年來，粽子包進了多少感人的愛和故事？細繩一纏一繞一拉，繫住了多少母親的掛念？粽香萬里，喔，一點都不誇張呢，此刻異鄉的遊子們，怕不是都跟我一樣想著媽媽的味道吧！？

二〇〇九年三月二十四日作

二〇一二年六月二十三日發表於世界日報副刊

# 呦呦鹿鳴

「呦呦鹿鳴，食野之苹。我有嘉賓，鼓瑟吹笙。」《詩經》借鹿的群性與和樂起興，來做爲宴請群臣嘉賓的背景，可以想像「鹿」在當時應該是隨時可遇見的。但對現代都市人而言，「鹿」似乎只存在《詩經》中，要不，只能到動物園裡瞧瞧，因此初來加拿大時，對郊區畫有鹿的警告標誌，我總是嗤之以鼻。心想，別開玩笑了，小心「鹿」？小心「路」還差不多。直到我們家每一個人都在家附近撞見了鹿，這才知道真的有鹿耶！

當時我住在首都渥太華郊區的卡納塔市（City Of Kanata）。該市和隔壁左右兩市中間都夾著森林保護地帶，因此住著不少野生動物，常見的是花栗鼠、浣熊、水獺、臭鼬鼠和兔子。這些小動物常會溜出來搜括住戶的圾圾筒，因此不必進入森林就有機會遇見。至於「鹿」嘛，大半時候都和狐狸一樣，神龍見首不見尾的躲在森林裡。

外子與鹿的初遇，說來還真叫人怦然心動。那天正值傍晚，下班後他開著車準備轉入巷子時，忽然前方不遠處，幾隻鹿如行人般，若無其事的慢慢遁入路旁林地。回來後，他扯著嗓子宣布這奇遇，還吩咐我隨時關上院子的門，否則大角鹿出現窗前時，可別嚇呆了！我想，這傢伙真會唬弄人，準備叫他住嘴別瞎扯時，孩子也七嘴八舌的說，他們和同學騎腳踏車穿梭森林時，遠遠也看過不少隻呢！

然而我還是沒見過！直到有一天我和女兒騎著腳踏車穿過森林，這才真的相信了。那是個秋陽高照的下午，我慣常地進入林子賞秋楓和運動。騎著騎著，女兒抱怨起她的腳踏車太小。呵呵，那時我才發覺孩子又長高了。當我跳下車，替她把車座拉高到上限時，正前方，六公尺多一點，不知何時出現一頭大鹿，警戒地張著大眼睛瞪著我們！女兒和我都目不轉睛的定在原地，動也不敢動地偵探牠。剎那間，我快速的掃瞄這頭鹿。我想著萬一牠撲過來，怎麼辦？牠看起來比我高呢！這麼大隻，萬一牠踢過來，不死也半殘！

原來心頭小鹿亂撞，是這麼回事啊！我緊張的想著一切，心想是拔腿往後逃，還是作勢先嚇嚇牠？而牠看起來也很害怕，似乎也正在揣摩我們，懷疑我們會不會傷害牠？也許牠想著我們看來似曾相識，可能是牠的老朋友，免驚免驚，說不定會給牠送來好吃的；也許牠也正在猶豫，是要繼續經過我們往前走，還是向左右林地撤走？

總之牠看起來跟我們一樣緊張。牠，高高的犄角、大大的眼睛、細細的腿、豎立的耳朵，看起來真帥氣。倒底牠想怎樣呢？雖沒聽過鹿攻擊人的事件，我腦中還是興風作浪地上演著黑熊攻擊人的畫面！女兒不小心動了一下，說時遲那時快地，牠以飛快的速度躍進旁邊林地，然後停下來回頭望著我們。我望著驚魂甫定的女兒，忍不住笑了出來。這一笑，牠立刻沒入深處，消失在眼界中。「A deer！」，接下來我們如釋重負，異口同聲的喊著。

以後再遇見鹿就不稀奇了。有時在遠遠的芒草叢裡，夕陽西下，一群鹿集體放風後準備回老巢去；有時半夜開車經過林地，隱約看見一群鹿兒圍成一圈，像在開圓桌會議；有時聽見林裡窸窣的腳步聲；有時眼前忽地有影子掠過；確信鹿跡經常出沒之後，開車就得慢一些，以免撞上鹿兒。撞上鹿兒的意外事件時有所聞，聽起來真是可怕的場景！不只鹿兒氣息奄奄，自己呢？輕則檔風玻璃全毀，氣囊彈起，受盡驚嚇；重則負傷入院，甚至當場斃命。因此在郊外飛馳時，看見有鹿群飛躍的標誌，再也不敢掉以輕心。

有次鄰居真的撞傷了一頭鹿，泊車路旁不知如何是好時，恰巧有獵戶經過。他慌張的表示不知如何處理牠，獵戶喜出望外的說，那麼就送給他吧！因爲在加拿大，獵鹿需要獵鹿許可證，並且只有在每年十一月的獵鹿季才可限額捕捉，所以這種意外，對他們而言，真是「踏破鐵鞋無覓處，得來全不費功夫」。看著鹿兒被拖走，看著獵戶的卡車絕塵而去，他忽然感受到人類的殘忍。「呦呦鹿鳴，食野之芩。我有嘉賓，鼓瑟鼓琴」的美妙景象，瞬間化爲賓客啖食一碟碟香噴噴的鹿肉以及主人如數家珍地對著客人細說掛在牆上的一隻隻犄角的凶案現場。英雄豪邁的「逐鹿中原」，原來只是一場場血腥廝殺！

因此美麗的背面，總存在著醜陋；任何事物都有正反兩面，就像一枚硬幣般。佛教戒殺生，但耶穌基督並不以吃肉爲過，是非說不準，全賴個人信仰。記得紅樓夢一書中，眾女同寶玉在蘆雪庵舉行鹿宴詩會——「琉璃世界白雪紅梅，脂粉香娃割腥啖膻」，境界好美；但當「紅燒鹿肉」及「清燉鹿肉」浮上檯面時，才知原來鹿肉還是鐘鳴鼎食之家的賈府上自老祖宗賈母，下至僕役都酷愛的美食佳餚。想著鹿腿肉在燒烤架上被翻滾燒炙滴答著油脂，我還是忍不住要敦請鹿兄弟們在山林裡好好躲著，不然就是自己找死啦！以後讀《詩經》，我總會把這章跳過去，然後閉目幻想草原上的奔鹿。我是憐憫鹿兒，還是嚮往那分自由呢？

二〇一二年五月六日作

二〇一二年八月三十日發表於世界日報副刊

# 倚身秋色中

街口的那棵楓樹，不知爲何每年都特早紅，只是初秋，周圍的玫瑰花仍奼紫嫣紅，它已經飄下第一片紅葉。每天經過它，總會想起它去年秋天的樣子——總是頭頂先紅，等它紅遍全身的時候，整條街的楓樹才開始一塊塊地紅起來。也許知秋的還不只是它，仔細聆聽，蟋蟀也已經奏響秋章，悄悄地拉開了序幕。我喜歡秋天，圓滿豐熟的季節，蘋果、西洋梨⋯⋯，垂掛枝頭；柔光的籠罩下，最適合郊外踏青。

加拿大又名楓葉國，一枚紅楓鑲在國旗之間，可見加國人多麼寶貝這些傲世的楓林。然而賞楓期是那麼短暫，總讓人不得不放下身邊雜事，否則大自然是不會等你的。

每年九月底到十月中是楓葉最燦爛的時刻，這時大街小巷的楓葉紅了，山林裡更是美不勝收。幾乎每年我都要到安省著名的楓葉郡──Muskoka 湖區去瞧瞧。記得第一次到那兒，是與幾家人合包了一間民宿。民宿院子中央就有一棵兩個成人才可以抱住的大楓樹。站在樹底下，渺渺兮予懷，真有「駕一葉之扁舟，舉匏樽以相屬；寄蜉蝣於天地，渺滄海之一粟」之感。此區湖群又名「蜜月湖」，一群又一群紅橙相疊的楓葉，參差著松柏、橡樹、山毛櫸等，搖曳在起伏的山巒、平原、河流與湖泊間，繪出了令人魂牽夢縈的世外之境。沐浴其中，不難了解此地何以被《國家地理雜誌》選爲全球必訪二十大景點之一。

其次是走訪此地東北的亞崗群國家公園（Algonquin National Park）。這個公園面積大約七千六百五十三平方公里，比五分之一個台灣還大呢！園裡大小湖泊超過二千四百個，裡頭不少瞭望台可以飽覽秋色無遺，更有無數的落葉小徑和溪流，供人徘徊踱蹀。走進林裡，踩著楓葉鋪成的紅地毯，沙沙聲中，真想挾楓葉遨遊，抱秋光而長終。可惜秋光真的很短暫，「無邊落木蕭蕭下」之前，一定要掌握住燦爛的一刻。只是這個公園太大了，許多地方還得划獨木舟進去，聽說不少黑熊住在裡頭，因此我還是沿著觀景公路穿越秋色就夠了。

出了觀景公路，爬上小村 Dorset 的鐵塔眺望秋色，是最享受的。三百六十度景觀，四周丘陵湖泊一望無際，綴以五顏六色，真讓人覺得眨個眼都可惜。秋色連波，偶爾飛鳥與船隻划過，興起無數漣漪，水面動蕩的瀲灩倒影，直是攝人魂魄。據說這鐵塔原是小鎮用來監測森林火災的，原身建於一九二二年，高二十五公尺，一九六七年再改建成現在三十公尺高的模樣。我原有懼高症，但在秋色的誘惑下，抓著欄杆一步步登高，越來越火的景象，早已讓我忘卻恐懼。

再到小鎮 Huntsville 的石頭公園（Lions Look Out Mountain）飲秋色。我喚它「石頭公園」，不是因爲它布滿磊磊亂石，而是循一陡坡上去之後，整個基地似乎是一塊大岩石。踩在石上眺望整個小鎮，只見火柴盒似的小汽車，玩具一樣地穿梭在繽紛的樹林中，風一吹動，隱隱約約能看見一棟棟小木屋，懶洋洋地沐浴在寧靜中。眼前景象好似桌上攤開的一本童話故事書，這時遇見小兔子，都會想和牠說話呢！踩著小徑落葉，信步到了湖邊，碰巧夕陽西下，這時山岭披覆著落日的餘光，更爲湖面噴灑上奇光異采。不久，湖的對岸出現了初昇月，似乎也在欣賞著秋神的風韻。

小鎮山區還有一處小勝地——Dyer Memorial，是以前一位美國底特律的名律師

Clifton G. Dyer 爲妻子蓋的墓園。一九一六年，他和妻子 Betsy Brown 在此度蜜月，而後愛上此地。二十年後，他們重遊舊址，並且購買了一幢溫馨的小木屋。每年冬天，他們會駕著馬車，來到他們的小木屋度假。他們開心地在小山丘上滑雪，只要 Clifton 一離開愛妻視線，她就會不斷地喚著他，因而回音總迴蕩在山谷間。歷經四十年的如影隨形，Betsy 死於一九五六年。Clifton 將她埋在他們經常滑雪的那個小山丘，並且著手將那一帶小徑林木，整理成一座紀念園地。紀念園須爬七十三級石階才能進入。小山丘面對美麗的楓林山谷，處處是人間絕境。他還立了一支石柱，直向天堂，並在紀念碑上，刻著對妻子最深沉的愛。三年後 Clifton 隨之離世，埋骨在妻子身邊，從此成爲佳話。斯人雖已去，但永恆的愛情卻就此傳世不滅。

這個故事之所以令我感動，是因爲它不同於羅密歐與茱麗葉。許多詩人作家喜歡敘述悲劇，透過悲劇來歌頌愛情。但這紀念園給我的不是悲劇，而是永世的喜劇、永世的愛。誰說婚姻是愛情的墳墓呢？這個傳世的紀念園，證明愛情是可以經得起柴米油鹽的折磨。倚身秋色中，此刻若翻開智利詩人聶魯達的情詩朗誦，更猶如餐前紅酒，使紀念園更具情致——

In my sky at twilight you are like a cloud
And your form and colour are the way I love them.
You are mine, mine, woman with sweet lips
And in your life my infinite dreams live.

在我暮靄的天色裡妳像一片雲
而妳的形狀與顏色正是我所鍾愛的
妳是我的，我的，有著甜美唇瓣的女人
我的夢永恆地居住妳的生命中

倚身秋色中，總是目不暇給地忘了注意油箱。也許是故意的吧，因爲這麼一來又可藉口下高速公路，再到另一個小鎮上逛逛。記得有次一回頭，在加油站對面十字街口的四面停止牌（All way Stop Sign）旁就紅著一排楓樹，經過的每一輛車都在停牌前完全地止輪。究竟是鄉下人特守規矩，還是都想賞賞楓樹呢？暮色間，超市前一堆堆南瓜頭，彷彿也在陶醉中。入夜後一盞盞南瓜燈亮起來，一棟棟朦朧的民宅微笑著道晚安。

倚身秋色中，今夜的夢境必斑斕。

二〇一二年九月二十六日作
二〇一二年十月三十一日發表於世界日報副刊

# 冬日的六把火

雪落無聲，雪止時，周遭卻是一片喧囂。窗外一群拖著雪橇的孩子，傳來稚嫩的聲音；蟄伏在車場的鏟雪車、灑鹽車，已經踩上征途；家家戶戶刮地鏟雪，沙沙的聲音此起彼落；還有孩子互擲雪球的戲謔聲，讓人忍不住地也穿起雪衣雪鞋，朝山丘上走去。

山丘上的孩子們坐著平底雪橇呼嘯而下，平底雪橇（Tobogganing）只要有一個小山坡和一張塑膠墊，墊在臀部就足以滑翔。看著他們自丘頂滑下來，又爬回坡上，一遍又一遍，這是冬天裡的第一把火，孩子們個個臉蛋紅通通地，像被烤過似的。

大一點的孩子愛溜滑板，他們就移師滑雪場，滑雪（Skiing）是冬天裡的第二把火。場上健將用頭盔、雪衣、雪褲、雪鞋、護耳罩和護目鏡，把自己裹得像隻北極熊。滑雪極具挑戰性，坡度越陡越刺激。滑平底雪橇頂多弄個人仰馬翻，滑雪失利可是斷手斷腳，甚至扭斷脖子。但那飛一樣的感覺，讓人躍躍欲試，實在不敢嘗試者，只好轉戰森林。

別看在森林裡的平地滑雪（Cross-country），想把兩根滑竿和兩道滑板平衡好，也需要費番功夫，因此平地滑雪是冬天裡的第三把火。穿梭在光禿禿的樹林間，領略「空山不見人，但聞人語響」的空靈，真是透人心脾！

如果沒有體力滑雪，還可以穿長雪鞋散步雪地，這叫雪中健走（Snowshoeing），是冬天裡的第四把火。我第一次看見這種有如網球拍的長雪鞋，甚是疑惑。雪鞋比自己的腳長兩三倍，腳踩在拍子中央，不會深陷雪中，走起路來啪噠啪噠的，真像套著羽球拍走路。想想踏雪尋梅，恐怕要備上如此的雪鞋才能盡興。

走出林子，到公園轉轉，會發現籃球場噴上清水凍成的溜冰場。馳騁其間的健兒，個個揮汗如雨，溜冰是冬天裡的第五把火。許多小湖也結凍了，信步郊外，一個個天然溜冰場對你招手，再宅的人都忍不住出來看看。渥太華麗都運河是世界上最長的溜冰場，有幾年暖冬，運河不結冰，市民整個冬天都渾身不對勁。我不溜冰，但我喜歡在冰湖上漫步，尤其喜歡跟蹤湖上冰釣的人。他們拖個房底鑿個小洞的小房子，在湖中心坐禪，透過圓圓的小洞，瞥見湖底的魚兒，忍不住要倒抽一口氣，因爲自己正站在夏日時的深潭上呢！

隆冬時，冰雕節把遠近人潮都吸引過來，這是冬天裡的第六把火，也是最熱最豔的一把。冰雕節有十數條跑道的冰滑梯供遊客玩，跑道上，遊客一個個躺在輪胎上呼嘯而過，刺激過癮。只是當人們爭相上滑梯時，我喜歡坐上馬車，在篤篤聲中，充滿感激的向大自然致敬——原來，嚴寒的冬天可以這麼有趣！

然而當俊美的冰雕雄鷹，開始缺鼻缺眼時，我知道春天不遠了。此時冬天裡的火如灰燼，讓春天給慢慢澆熄了。好在四季更迭不休，明年還可以再來點火升營。

二〇一二年十一月十二日作

二〇一三年五月十六日發表於世界日報家園版

# 第十八個秋

幾乎來到國外後我才知道甚麼是秋天。初來那幾年，我住在首都渥太華郊外的卡那塔市，一個只有五萬居民的小城。騎上腳踏車，隨著門前的街道一路滑進森林保留區，抬頭可以感覺到每一片葉子都在轉變，有時幾天沒去，再去時已經是繽紛滿眼。通常是九月底十月初，整個渥太華周圍的城市都在轉黃轉紅，十月中開始颳風下雨，很快地樹又光禿禿一身。

時序遞邅，年復一年，不知不覺已經是第十八個秋了。秋天仍然美麗，但我已不像初時那麼興奮！尤其來到多倫多後，我誤打誤撞地住進這區。這區方圓四公里家家戶戶的門前幾乎都植上楓樹，因此這些年我根本不需要出遠門，轉角就是一公里豔紅的長巷。我的這條街也植滿楓樹，可是很奇怪地只轉黃不轉紅。也許方位、風向和品種有別吧？現在是九月，轉角那條街的楓樹已經開始變化了，每年我都會重新嫉妒一次，真希望哪天我的這條街也可以一夜變紅！

聽我這麼報怨，台北的親友忍不住就要生氣了。想想住在台灣時，須爬上中央山脈，才能享此豔福，而我拐彎就有紅葉可拾，還不知足！但難道沒聽過「物以稀爲貴」嗎？我其實更想念鳳凰木、相思樹和台灣欒樹起來。記得我們總是撿了許多鳳凰木葉片，一瓣瓣貼成蝴蝶，彼此饋贈；記得十八尖山上綿密的相思樹林，當鮮黃色的小絨球開花了，就是集體踏青時；當台灣欒樹暴滿黃花，也是秋天了。

如果「夕陽無限好，只是近黃昏」，那麼秋天亦然。芒花如霧，兩地應該是一樣吧？這裡的秋雨，曾經是陌生的點點滴滴，而今早已是我生命的一部分。我已經想不起，從前在臺北時，是怎麼的度過秋天？還好少年時寫過一首詩〈雨季〉，已收錄到《尋找記憶》這本詩集裡：

秋來小鎮
秋雨綿綿

泛紅泛紅的楓葉愁煞人
橘瓣慘黃的色澤裡
僅嗅得
秋的腐屍

是的，讀這詩，我乍然想起了淡水的紅葉。那紅葉雖然不像這裡這般壯闊，但也有幾番姿色和詩意。那時我很多愁善感，總看不見秋天的美，卻只聞得它的衰敗！多希望能夠再年輕一回，好好咀嚼秋天的甜味。英國詩人濟慈的〈秋頌〉，是最能呈現出秋天的甜美，他說：

SEASON of mists and mellow fruitfulness, 霧涼與碩果甘醇的秋天
Close bosom-friend of the maturing sun; 是煦煦盛陽的心腹知己
Conspiring with him how to load and bless 密謀如何去裝載和禮讚

With fruit the vines that round the thatch-eves run;　果實滿掛的藤攀上屋脊
To bend with apples the moss'd cottage-trees,　蘋果折彎滿苔蘚的村樹
And fill all fruit with ripeness to the core;　所有水果都熟透抵核心
To swell the gourd, and plump the hazel shells　葫蘆鼓漲而榛果莢凸滿
With a sweet kernel; to set budding more,　甜美果仁請讓蓓蕾茂引

此刻秋天正躡足前來，松鼠開始忙著藏果子，梨子、蘋果垂滿枝。延著寧靜的巷道走到鬧街，自由自在的賞秋，真的是一種福賜。遠方的朋友呵，賞欒樹不也同樣的幸福?所以讓我寄一片紅葉給你，請你也寄來故鄉的欒花，讓我們一起同享自然的恩澤。在落葉紛飛前，在滿牆的藤蔓枯萎前，在欒樹的金雨飄零前，網住這一季秋。

二〇一四年九月十五日於多倫多
二〇一四年十月二十七日發表於世界日報副刊

# 渥太華運河

我已經很多年沒有再回到渥太華，而最令人思念的是運河的四季。那條 **Rideau Canal** 全長二百〇二公里，從渥太華東南一直延伸至京士頓，然後注入安大略湖，中間由於地形的起伏，人造了四十七個水閘。而拜訪一個個水閘，更是一趟有趣的拼圖之旅。

你一定不相信，起初建鑿這條河是爲了抵禦美國的入侵。那是一八三二年的事了，一百八十年前的煙硝早已塵埃落定，但當時兩國的劍拔弩張，卻造就了這條運河。運河在二〇〇七時，註冊成爲聯合國世界遺產之一，被認爲是人類建設中的天才。如今這條運河依然運轉，只是從戰事、運輸退役下來，成爲觀光景點。

加拿大的冬天是非常長的，第一場雪，往往下在十一月中旬，而後天地冰封至次年四月底。初冬，政府會派員勘察運河結冰程度，通常一月分，最是嚴寒時刻，運河才會開放渥太華段給市民。住在渥太華郊外的那些年，領著孩子上運河溜冰，是冬日最好的消遣，既免費又安全。從城南溜回城中再折回原地，來回大約十五公里吧，回來時個個饑腸轆轆。沒有甚麼節慶時，冰河上並不擁擠，零零落落的，該多是渥太華及附近小鎮的居民，等到冰雕節時，運河上就熱鬧非凡，市民反而躲回屋去，把運河留給觀光客。

站在運河上，如果不設法活動的話，很快地就會手腳冰凍，所以即使不溜冰，也要健走。如今閉起眼睛來，我差不多還可以感受到那股冰寒。四周綠葉盡凋，只剩常青的松柏勁挺，與你互相加油。運河邊細枝裹著冰雪，在午後的陽光中斜影搖曳，你感到蕭條，卻爲了那極地的透明而嘆爲觀止，更爲了眼前的雪白，難以抑制的前進。前進，徘徊在一個政府探鑿的小洞裡，希望看見游魚，看見的卻真的是冰封一尺的窪洞；前進，徘徊在一叢枯萎的蘆葦草邊，想念它秋日的飄羽；前進，沒有鳥語，更沒有鼠竄，只有你一家子的嘻鬧聲，孤獨而甜美；前進，聽見大河翻滾的裂冰聲，你會瞬間心悸起來；前進，遙望林外的高樓映照蒼茫的暮色，四周互相反射，照到大河上，大河閃著熠熠光華，卻發出更深的寒氣。通常這時就該上岸了，否則就會變成冰棍。飲一壺熱巧克力，讓全身回暖，長椅上望著孩子蘋果般的臉龐，真希望他們永遠不要長大！

運河岸旁的林子裡，到處矗立著老楓樹、大橡樹、白樺木和榆樹等寒帶植物，光禿禿地，虬枝曲结，只有松杉柏競秀，莽莽參天，穿過稀薄的霧氣，等待大地春回。時而落雪紛飛，落雪輕揮魔棒無聲無息，不久它們就一棵棵被披上了新白袍，整個世界銀白一片。那是一種刺眼的白色，必須掛上太陽眼鏡才能直視，否則可能會產生短暫的「雪盲」現象！

就這麼一直等著，直到第一隻松鼠鑽出洞，直到一朵朵小紫花冒出地面，直到運河再度水流潺潺，直到枝椏開始抽芽，水仙花開了，運河邊鬱金香又澎湃如海地怒放起來，渥太華名聞遐邇的鬱金香節就在這時如火如荼地展開。這運河兩岸的鬱金香，是荷蘭在一九四五時送給加拿大的，第一批十萬朵，之後每年一萬朵，全遍植在這運河兩岸，而家家戶戶也自植鬱金香，應和佳節美景，花都之美名不徑而走。而這時「滿城飛絮滾輕塵，忙煞看花人」，李後主說的可真不錯！

鬱金香謝了，政府鏟走莖葉，替之而起的是牽牛花、三色菫與其它各式各樣的小花，五顏六色迎來了初夏。泛舟湖面，拜訪每一道水閘，是市民的最大享受，但如果沒有船，騎著腳踏車延著運河跑，閘門處休息一下，也許恰巧遇上遊艇要過水閘，看著工作人員手搖絞盤來操控閘門，也是一種特殊景象！

二百〇二公里的運河，在渥太華市部分，有七點八公里，八個水閘，九道閘門。遊艇自與魁北克交界的渥太華河進入運河時，就要一一過這八個水閘，就像爬樓梯一樣。工作人員先打開第一道閘門，讓第一道水閘裡面的水位和渥太華河的水位持平，游船才能順利進入第一道水閘。游艇進入第一道水閘後，先關閉第一道閘門，再開第二道閘門，讓第二道水閘的水慢慢流入第一道水閘，第二道水閘的水與第一道水閘的水持平後，游艇才進入第二道水閘。這樣重複八次後，游船一步步升高，終於進入運河，開始奔向上游的京士頓。

等遊艇過去後，行人可以免費推著自行車穿行厚厚的、圍有護欄的閘門。遊艇的通行費是根據船隻呎吋付的，每一閘門，通常是每一英呎（三十公分）付加幣九十仙，另外還有包季或包天的。看著花枝招展的遊艇揚帆而去，令人好生羨慕啊！

騎著腳踏車繞著運河飛，穿過一座又一座森林，松鼠、花栗鼠陪著我賽車，鳥語花香，清風拂面，老楓樹、大橡樹、白樺木和榆樹等張開大傘，替我乘涼。多美的夏天啊，我心中的藍鳥，不禁跟著合唱起來！我們坐在草地上野餐，四周開滿百合花和玫瑰花，水邊蘆葦的倒影湮波上盪漾；騎著腳踏車繞著運河飛，穿過一條又一條小徑，滿地綠茵，蒲公英的白羽四處飄散，加拿大雁悠哉悠哉的生長繁殖，波光瀲豔的運河時而消失眼前時而復現，讓我的心臆塞滿驚喜。多美的夏天啊，我禁不住又一次讚嘆！騎著腳踏車繞著運河飛，直到第一片紅葉高掛枝頭，秋來了，運河準備換上秋裝，小動物又開始忙碌起來。

運河邊的秋景自然也是迷人的。騎著腳踏車繞著運河飛，沙沙的樹葉聲、滿眼的金黃紅橙…，多美的秋天啊，除了這麼說還能怎麼說呢？風起雲湧，幾陣秋雨後，樹葉在風中飛落嘆息，並在幾天之內嘩然掉光。於是坐在運河邊，等待第一場雪臨。光禿禿的枝椏在蒼茫的暮色中有如一幅幅潑墨山水畫，燈火星海，透明的夜裡坐看春去秋來，夏走冬回，渥太華運河四季的美，是永遠不會枯竭的井，是我舀取靈感的青春之泉。

我把渥太華當成我的第二故鄉，但願有日我還會回去那裡，把我曾履及的土地，好好地再踩一次，把我遺漏的風景，好好地再細吟一回。

二〇一四年九月十五日於多倫多

二〇一四年十二日十五日發表於世界日報副刊

# 天鵝遊行

這輩子觀看過各式各樣的遊行，如政治遊行、聖誕遊行、復活節遊行…，都不如安大略省西南小城 Stratford 的天鵝遊行，來的那麼讓我情致盎然。

每年四月初，小鎮都會有一群天鵝出關，然後在眾人的掌聲中，雄糾糾氣昂昂地，踏步回到湖裡。第一次聽說有這樣的節慶，我簡直雀躍的恨不得天趕緊亮，立刻驅車前往。小城的天鵝遊行已行之有年，今年是第二十四屆了，年年復年年，薪火相傳，居民樂此不疲。根據該市的網頁記載，這群天鵝的歷史可以追溯到一九一八年，當時由 Mr. J. C. Garden 送給了該市第一對天鵝，之後不斷有其牠天鵝加入，使牠們遺傳品質良好，更光榮的是，一九六七年，正是加拿大的百年誕辰，英女皇送給了加拿大六對皇室豢養的天鵝（Queen Elizabeth II's royal herd），其中一對就放在 Stratford 市。Stratford 是個三萬多人的小城，以莎士比亞的故鄉命名，每年除了幾百場莎翁芭蕾舞劇外，就屬這群天鵝最負盛名。這群天鵝，別名是啞音天鵝（Mute Swan），嘴喙橘紅色，前額有黑色疣突，不是我經常觀看的，會南飛北還的苔原小天鵝（Tundra Swan）。

這群天鵝每到秋天就被圈養在人工池裡，直到天地回暖。人工池裡有空調，有溫水池，有玉米穀物三餐伺候，還有專員保健照護，聽起來真是享有「人權」！這天鵝冬天住的地方，當地人管它叫「天鵝行館」。慶典的餘興節目是十二點開始，但遊行在二點。我到的時候，大約一點半，卻已經有一、二千人在那兒等了。我個兒小，一些高個兒的洋人，反而把我推到前排，嘿嘿，沒想到個兒小，反而佔到便宜。等啊等，先是穿著花格紅布短裙的男士樂隊，吹著傳統的蘇格蘭排笛曲（Pipe Band）領隊，緊接著就看見一群天鵝大搖大擺的走出來，帶頭的還是一隻黑天鵝哪！聽說這隻黑天鵝來自澳洲，但雌鵝患病死了，牠則守鰥至今。隊伍全出列後，掉尾的竟然還混了兩隻大白鵝！太有趣的對比了！這主辦單位實在很幽默。等牠們整體出場，大家就在兩旁慢步地跟著牠們往湖邊走，直到牠們一隻隻都下了水，在波光瀲灩的埃文河裡（Avon River）划槳，大家才鼓掌散隊，通常遊客會延河繼續觀賞拍照，當地人可能就打道回府。

散場後我們遇上一位頭上戴著天鵝紙帽的工作人員，他還熱心的為我們解說。從他那兒，我們才知道天鵝雖然外貌優雅，但排牠性、佔地性很強，一有異類，或不屬於牠們這一幫的，就會群而逐之，因此市府只養三十隻左右，否則沒辦法畫地盤。多出來的，市府只好送給其它市鎮領養。此外這些天鵝，每隻都有名字，腳上都有套環編號，供市府時刻追蹤。

只是為何這種天鵝，不會像苔原天鵝那樣南飛北還？體形太胖嗎？還是習慣了嬌生慣養？有人說是牠一出生，翅膀便被植入小釘，以致於一生都無法振翼遠航。如果是如此，又見人的自私了。為了擁有牠，剝奪牠飛行的本能，雖然牠不會在南飛北還的循環中遇上天災人禍而命喪黃泉，但還真有點說不過去呢！也許是為了保育吧！？

埃文河的 Meadowrue Gardens 裡還有一個有趣景點——已故天鵝克萊德（Clyde）的墓碑。這隻天鵝據說在養天鵝的貴族群裡頭十分出名，十歲就已經是壞事做絕，包括攻擊、殺鵝嬰、重婚和謀殺。原本天鵝是一夫一妻的天性，但這隻風流鵝卻在小三潔西蓓兒介入後，不只欲殺妻邦妮，最後還意圖傷害自己的親生鵝兒，於是牠被工作人員監禁隔離。但湖裡後來又住進一對鵝情侶——羅蜜歐和茱麗葉。這對情侶處處攻擊他鵝，最愛欺負孤兒寡母的邦妮母子，工作人員只好把邦妮母子送走，結果這對情侶又開始欺負潔西蓓兒。工作人員只好讓克萊德假釋，希望牠能英雄救美，沒想到克萊德再度犯案謀殺，於是再次入獄。又過了些時候，克萊德獄行良好，所以被放出來，此時潔西蓓兒已有了新歡，克萊德為了搶回愛人，與潔西蓓兒的新歡決一生死，最後被淹死，享年十歲。至於爲什麼爲牠立墓碑？原來克萊德的母親正是當年英皇御賜的天鵝之一，具有皇家血統，所以需以禮相待。而碑文是這麼寫的：

「CLYDE

HATCHED 1990 DIED 2000

HIS MOTHER, ONE OF TWELVE SWANS PRESENTED BY THE QUEEN

TO OUR PRIME MINISTER IN 1967

SO MAY HE REST, HIS FAULTS LIE GENTLY ON HIM!' —KING HENRY VIII, IV, ii」

（克萊德出生於1990，死於2000。牠的母親乃英女皇於1967年送給我國總理的十二隻天鵝之一。願牠安息。牠的過錯悄悄地隨牠躺下——亨利八世第四幕第二場）

熟讀莎士比亞的人一定知道，最後一句是引用莎劇《亨利八世》裡凱薩琳皇后的名句。這故事曾繪聲繪影的印刷在當地的地方報上，成爲茶餘飯後的八卦新聞，也讓我們對於美麗優雅的天鵝，有了另一番認識。我記得愛爾蘭詩人葉慈有一首名詩——麗達與天鵝，取材自希臘神話，描寫的也正是宙斯化身爲天鵝的暴行。更早〈麗達與天鵝〉還是畫〈蒙娜麗莎的微笑〉的達芬奇的另一幅傑作。可見西方有太多文學藝術都以天鵝爲背景，暴力也好，優雅也罷，文人畫家們喜愛不斷加油添醋地起草著墨。

漫步在埃文河濱，觀賞天鵝鑑隊，也自然讓我想起葉慈的另一首名詩——The Wild Swans at Coole〈庫爾的野天鵝〉：

「THE trees are in their autumn beauty,
The woodland paths are dry,
Under the October twilight the water
Mirrors a still sky;
Upon the brimming water among the stones
Are nine-and-fifty swans.」

樹裏在秋日的華美中
林徑乾燥
十月黃昏的水面
鏡子般映著靜靜的天空

水之湄石堆旁
有五十九隻天鵝在那兒棲息

葉慈觀賞這群天鵝，不知不覺已是第十九個秋了。他描寫著天鵝群如何的鼓著牠們騷動的翅膀，形成一個不完整的圓，然後散開旋轉，以及牠們如何的拍著羽翼在他的頭上方如鈴擊節，踩踏出輕忽的足音；愛侶偎著愛侶，冷流中划槳，順流而下或扶風直上，牠們的心沒有變老，牠們神秘莫測，美麗動人。忽然他一震，想到如果有一天他醒來時，牠們已振翼而去，再也不回來了，該怎麼辦？悵惘之情，讀後心弦難免被葉慈撥動了幾下。不知所有的天鵝豢養者，是否都有這種感懷，才會設法讓牠們飛不走！看著埃文河裡悠遊的三十幾隻啞音天鵝，舒適自在不愁吃不愁穿，不知是福是禍？但連爛癩蛤蟆都想吃天鵝肉，放諸四海，恐怕早已滅絕。

去年我到安省伊利湖畔的保留區觀賞體型較小，脖子較短的小天鵝過境。牠們幾百隻聚集在水潭裡，群起飛逐的壯觀更是讓我終身難忘。聽說這群天鵝飛到北卡蘿萊娜，就性命不保，因為東南幾州都開放限量射殺，飽了獵人口福。想起獵人們大啖天鵝的情景，我不禁爲埃文河裡的這群天鵝慶幸了！

現在已經是秋天了，我又再次到埃文河濱欣賞這群天鵝。不久牠們又要被請回行館過冬，而那群飛到北極冰原的苔原天鵝，也應該準備啓程南飛。我問同行的人，要做啞音天鵝，像金絲雀那樣的被保護，還是做苔原天鵝自由自在四海漂泊，但不時的要躲避獵槍？她笑說：這很難選耶！是啊，真的很難。

二〇一四年九月二十二日於多倫多

二〇一四年十月二十九日發表於中華日報副刊

# 附錄：少女十五二十時

# 我迷戀

推開一桌子的理論書冊，摘下厚厚的眼鏡片，履高山深壑、臨明湖大洋，爲仍是學生的我，最最夢寐嚮往的時刻。

童年時代的我，經常刁蠻地糾纏外祖母給我說故事。她的眼睛閃爍著故事的精華，她的薄唇流溢著聖哲的行徑。不知有多少個晨曦或夜晚，溫柔的氣候也好，剛暴的節令亦可，我總要伏在那穩實的臂膀上聽故事。而這大概就是外祖母種在我身上的一顆熱愛文學的種子。

剛上小學的我，起初功課是蠻好的。因爲心田裡，我牢記著外祖母的一句話，她說只要我能好好讀書識字，就可以自己去看四馬五車的書；更棒的是，我還可以自蓋城堡，訴說公主的溫柔於紙上。

但是，事情的結果，果真如此圓滿嗎？學業的重擔一年比一年重，各科知識塡鴨式的塞滿我的腦袋，不管喜不喜歡，我得無條件接受！漸漸的，連故事書都沒有時間翻閱，於是我開始逃學。父母憂心的眸子及不斷勸我上學的苦心，及今思之，常令我深感愧疚。

記得最後一次逃學，是一個燦陽如炙的早晨。我如常跟隨鄰家姊姊上學，途中，他們健步如飛，我只好小跑步，狼狽而又氣喘噓噓地跟隨。絆倒了，也只能接受一頓無情的怒斥。那天，我再次的脫離隊伍，獨自邁向田野，躲在林子磚瓦後夢我的天堂，爲自己哭泣。好心的鄰居瞥見了，忙去告知母親。她來了，帶我回家，給我一頓不曾有過的鞭笞。她含著淚，盛怒的咬著唇，然後吃力地蹬著腳踏車送我上學。

從此我心不甘情不願，循規蹈矩的上學。然而我依然嚮往教室外面的天空，總是下課鈴一響，第一個衝出教室，急著搶鞦韆。小四，爲了奪得鞦韆，我們還常常趁老師一出教室，就跳窗而走，因爲那樣離操場最近。某天，我如常青蛙一樣地往外跳，走沒幾步，感覺四肢無力，仔細一看，小腿正面被水溝的利角劈著了，去了一塊肉，血流如泉。老師緊張的抱著我送往附近的醫院急診。我被縫了六針，至少有半學期不能走路。老師就住我家附近，每天，他會騎著摩托車，繞道來載我上學。那段時間，只要一下課，我只能守著空空的教室讀書。奇怪的事發生了！我開始喜歡讀書，一學期後，各科名列前茅。老師有點懷疑，考試時還站在我身後，看著我作答。從此之後，他經常表揚我，說我「開竅」了。

然而，爲了保持學業的優良紀錄，我仍然不能沉迷那些醉人的文學寶典。走過小學、中學，其間我只能偷偷嚮往國文老師的一句鼓勵，羨慕那從作文比賽場上，勝利歸來的人兒。偶而經過書店，總要垂頭喪氣走過。記得自己囫圇吞棗地讀完整套偵探小說——《亞森羅蘋》，當下很想書寫心得，卻因隔日考試，不得不作罷！在聯考的陰影裡，我不再夢見號角與戰馬、參天的古木，我在一次又一次的段考中，逐漸的失去夢想。

而或許就是因爲讀了許多課外書，使我的思維，變得不尋常。去年，我自苗栗縣私立大成中學初中部畢業。原本以爲可以順利北上就讀北一女中，卻因聯考作文題目「珍惜人生的春天」，被閱卷者認定文不對題，而只給予四分同情分，後更以二分之差，名落孫山，失去即將穿綠色制服的驕傲而榜入北二女中山女高。這件事影響了我一生，因爲我一氣之下，放棄讀中學，而投入師專生行列。

我仍不認爲那篇「珍惜人生的春天」是不對題。記得考完試後，國文老師問我寫了些甚麼？我告訴他，「人生的春天」是指生命中最黃金的時期，那個時期通常是發生在中年，當時機來臨時，要好好把握，以免錯失良機。我是如許的振振有詞，老師一聽大驚失色。他說「不對，不對，不對！主考官要你寫珍惜少年時光！」！考前，他擔心我的數學，卻從不擔心我的作文。但那次我真的馬失前蹄，讓老師說對了。唉！於是我選擇了新竹師專，因爲他們給我的作文成績幾乎滿分！

終於，我的小船航向了這不矚目的港灣——新竹師專。然後意外的發現，師專的求學生涯中，由於沒有課業壓力，我可以大量地閱讀文學典籍，並且開始投稿寫作；同時我挖掘了自己骨子裡埋藏著的，對音樂的熱愛，於是我開始拜師學鋼琴。我走出聯考胡同，放棄中山女高那件人人羨慕的彩衣，在自由的創作中找到自我肯定，正是最大的收穫。

我走過一片樹林，眼前伸展一條無止境的小路；晚星掛在山頂上，望著那即將謝世的天幕，我的內心亮起來了。今天，我的筆雖生不出花來，但相信有一天，它會被磨出光和熱。當巨鷹盤旋山頭，我屢驚愕於牠的自信，也願我能抱持一樣的胸襟。

音樂是山，文學是海，我應該說教育工作是條小船，雖然它尚未揚帆，但總在不久的將來。我願在文學與音樂的粹鍊中，學得一身武藝，不再給予我未來的學生填鴨式的教育，志居於教育崗位上的牧師之職，我願終身以遂。

一九七八年三月彩虹青年雜誌社《飛翔雲空》專輯入選作品

# 母親！母親

「一切消逝的，不過是象徵，
那不完美的，在這裡完成，
不可言喻的，在這裡實現，
永恆的女性，引我們上升。」

——哥德

小時候，我和幾位好玩耍的夥伴經常在樹下、草野上，玩著一個遊戲——老鷹抓小雞。那時，我最積極於搶著扮老鷹。因爲我崇拜他那屹立的峻嚴、縱橫空中的英姿。

上了小學後，我開始讀一些「我愛爸爸、我愛媽媽」的課文，但這些早已習熟的課文，實不足以滿足一個孩子的求知慾望。因此，一起頭，我便經常浸淫於課外讀物。有天，在一本童話書上，豁然發現我心目中的英雄——老鷹，正被一隻母雞啄得狼狽不堪。母雞雖傷痕累累，最後還是把老鷹趕得落荒而逃，小雞們吱吱喳喳的繞著母雞歡唱。

可以想像當時的我，是如何悵然若失啊！心中的偶像，瞬間粉碎，那時我怎麼也想不通，母雞的腳爪、羽翼怎麼都不及老鷹，何以能夠戰勝呢？

小時候也常騎著腳踏車到處遊盪。有一次，我吹著口哨，正準備穿越馬路時，看見遠處一個穿著開襠褲的小孩正在馬路中央跨他的英雄步，我想他大概也在夢他的老鷹吧？而說時遲那時快地，一輛卡車飛馳而來，一位女人，旋風似的奔到馬路中心，拉開她的孩子。接下一陣混亂和尖叫，因爲那卡車來不及煞車，那輪齒已壓傷婦人！屋子裡的人都跑出來查看究竟，不久救護車嗚嗚而至，隱隱約約還聽得見孩子的哭號聲。我不忍趨前，趕緊躲進樹林裡痛哭一場。就像小汽球忽然滑出手心，當它落地時，卻被騎士不小心壓破了，那原本充滿活力的生命，頃刻間跟汽球一樣成爲廢囊！

這也使我想起一則母猴的童話故事。獵人準備捕捉她的孩子，她慌張地領著他們奔跑。遇見壕溝時，母猴斷然以身爲橋樑，讓小猴安然渡過。倒是她自己因過度拉撐而至疲不堪逃，被捕殉身。

原本我的世界無憂無慮，只有蟋蟀、小狗、蟬…，那事件之後，只要過馬路，我總是緊緊拉著母親的手。

上帝說他無暇照顧萬民，因此創造母親來照顧祂的子民，但我不相信母親只是「奉天行事」。對於自創的小玩具，即使不夠好，仍會小心的雕琢、保存，更何況母親之於懷胎十月的孩子。

母親像那和煦的陽光，像那月亮的親輝，無止境的親吻著摯愛的孩子。他們有的溺愛，有的嚴厲，但內心是相同的。一件毛衣雖不足以禦寒，但由於是家人遠道寄來，其價值也就超乎貂皮大衣之上；一場小感冒原本不算甚麼，但由於是母親老遠送來噓寒問暖，惹得別人也恨不得生場病。啊，我是那幼苗，那麼母親不只是園丁，她其實就是上帝。

這些年來，由於獨立的慾望燃燒著，使我常常借故留在學校宿舍不回家度假。即使返家也只是匆匆而來，匆匆而去，家裡一天也呆不住。有一次我正準備出門，看見母親在昏黑中鈎著工藝品貼補家用，竟忽然痛心疾首起來。我叫母親休息一下不要做了，她微微一笑，送我出門後就進屋去了。車過家門，我看見母親又坐回原位，無休止的鈎著，一下子我的淚水湧眶而出。我怕被別人看見，低下頭，趕緊鑽到車後，卻瞥見鄰座有位婦人，懷中有一個小嬰兒在吃奶⋯⋯。

一九七八年五月竹師專母親節徵文比賽第一名

一九七八年五月發表於竹師專青年第二十六期

# 少年遊

那天，我們促膝長談。不記得當日是否星月無輝，只覺得大夥心上、頭上皆是一陣愁雲慘霧。就在一片沉寂中，鬼主意打從天外騰雲駕霧竄來——我們爲什麼不去度假？是的，爲什麼不離開學校，出去好好玩玩？潛藏山林也好，遁遊海心也罷，想辦法把這烏煙瘴氣的情緒遣散。二天後，遂有一隊娘子浩浩蕩蕩進山去了。

山是如許親切，何妨在身上撒撒土，也許更接近大自然與萬能的造物主。於是甩脫淑女常服，一身不修邊幅，我們興奮地直奔角板山。車行間，望著窗外風景，不覺聲聲讚嘆。綠波梯田下一抹青翠，青翠中溪水潺潺作響；天上白影黑點，這裡那裡地點綴著黃昏彩霞；狹徑上，松梢餘輝來相照；礦工黝黑充實的微笑；以及西風話語，乃至一粒沙塵，頃刻間都成至寶。抵站後，行徑兩旁羅列著峻挺的梅樹，我左顧右盼的像是個植物學家，執著地要去探究野生植物的奧秘。當童話般的建築逼現眼前，我才知道蔣公賓館已到，無限親切的平房瓦牆，靜謐而又莊嚴，樸素中不失其美。

第二天一大早，我們迫不及待地披衣外出，拜訪山林溪澗。爲了尋覓朝陽的居處，走錯了路徑，未能一睹風采。在那微寒的十月裡漫遊，眼前深邃的層山罩著霧嵐，氤氳著一股靈氣，隱約間還可見到半山腰札廬而居的起早人。野花妝點，曙光微笑，不期然又逛回賓館。我駐足門外，看著園丁專心的打掃落葉，一股思古幽情油然而生。吃頓充滿人情味的早餐後，我們搭車前往小烏來。

你經歷過一個人置身濤聲礦谷中，乍然而起的那份原始的激動嗎？一位矜持的老者，一定也會咧口大笑，恢復年輕的。你能想像行經崖道時，你只能捫住幾乎壓頂的冷壁，並不時驚悸於崖下的無垠碧流而一步步彳亍向前嗎？我走過的，不，我爬行過，甚至我還想跳下去，啜啜幾口翡翠綠的瑩光。

跨過亂石，踩經砂床，直闖入金泉王國底，直奔入瀑布的心裡。初時以爲只是條細瘦水柱，接近時才發覺我的荒謬與無知。只有大自然能在瞬間點出人的渺小，而不允許任何的爭辯。那猛水自嵯峨的山壁頂，不顧一切地猛撲下來，迴響幾乎震破耳膜，而我們也被彼此的驚叫聲扼住了！此時何妨狂嘯？而我卻怔怔地呆立原隅，不是宥於根深的禮教，也不是基於性情的柔弱，乃是這萬馬奔騰，瘋魔澎湃間，我看見涓涓水流自右面山簷靜靜滑下！那自無限蒼綠，那自燦陽宮中款步而來的如斯流水，深深攝住我的魂，使我愕然失聲。面對大自然的匠心獨運，處身於此剛柔並濟的時空，我竟不知所措起來。置身畫中，已夠幸福了，更何況那天我們喝過泉水，洗滌過一身俗氣？那天我們笑得太厲害了，幾乎到了傷神的地步！

山與山之間連繫著的是那不知多少年代的吊橋。站在橋上，探頭下問，只聽見深溪以淙淙的水流，答謝你的感動；亂石間飛沫撲濺濺，金陽下，宛如一堆堆破碎的水晶，跌落在撲滿苔蘚的岩石間。那清脆的敲叩，鏗鏘著你的心田，縱有萬丈愁煩，頃刻間也化爲烏有。在大漢溪的洶湧激情裡，我甘心做那不識字的煙波釣叟，徜徉青山綠水中，忘卻人情冷暖，不管遭遇是喜是悲，任憑功名是顯或晦，在大漢溪的清澈裡，我甘心做那小魚兒，悠游自在，日日飽啜著忘憂泉。

走了許久，好不容易才找到柴屋討水喝。老嫗掬滿親熱，雖說是一臉皺痕，雖說是滿口聽不懂的山地話，但憑借著純真笑容，仍然溝通的很自然。我們走後，另一群人亦湧進柴屋。那小屋猶如一座驛站，亦是沙漠中綠洲，供旅人休憩。那老媼從來不曾興起賣水爲生的念頭嗎？任時空巨流如何湍急，任山下的人是如何的在名利場上汲汲鑽營，這裡朝朝暮暮飲甘露餐蘭香，不知年月。不知道她是否羨慕紅塵的繁華，但我是真羨慕她。在我老去時，在我完成人生使命之後，但願我能攜幾卷詩書，挾著我的琴，日日踱步在叢山林蔭下，詠我的詩，誦我的曲。一個不在乎名利而又肯服務世道的人，才是真正沉靜快樂的呵！

披荊斬棘，費力的登完一級級石梯後，旅程到了終點。車上，我疲憊地進入夢鄉，卻在車身的搖晃間醒過來。四下是寂靜的，只有旅客倦極後的鼾聲，只有輪胎轆轆地演奏著輕快的進行曲，而我也逐漸地再次進入夢鄉…。

一九七八年六月發表於竹師專活動通訊第四十九期

# 回首淡專

那天，送姨媽下山後，我望著公車絕塵而去，一個人緩緩踱回山莊。還記得當時的淡水：淺藍色，靜穆的兜著觀音山。而我卻是忐忑不安的一步步拾坡而上。

當晚，我們李白組夥伴經過一番自我介紹後，才紛紛打起照面。指導老師是余光中先生。很快地他就把我們這群尋寶者，引入詩的國度。剛見余老師當口，心裡著實快樂。想想一位書上的人物躍然眼前和你面對面談天，怎不叫人興奮呢？他高興時，昂著頭，揚揚眉，嘴角總浮現一朵得意的微笑！多麼傳神！不知道有多少回，我忘了聽課而去捕捉他的種種風采。而從大夥的疑問上，我知道大家都夾在詩的各派隙縫間，來來去去，不知所終。於是，無數困擾堆疊成對詩的懷疑，因此都渴望在老師的眉宇、談吐間尋到答案，在彼此的辯談間得到圓滿的解決。而我則喜歡靜靜地聽別人談詩、說笑和聊天，而不插一句話。

十天的課程中，司馬中原老師的演講，總令人深感痛快淋灕。那天他講的是「散文概論」。語言代替不了時，手腳也跟著上來舞蹈一番，兩顆骨碌碌的眼睛，永遠活潑晶亮的轉著。每說完一段話，他總拉開唇角——天真的微笑迸得出現又乍然消失，而那滔滔不絕的講詞又再度響起…。看他那麼天真，每每使我聯想兒時入迷的布袋戲偶像。記得有個下午，他代余老師給我們上課。談起他年輕時的一個遙遠故事，眼眸立刻變得深邃，像是兩潭深冷的古井。說到傷心處，聲音喑啞了，兩潭古井隱隱約約有水溢湧著，而鼻尖微微的顫動，更觸搐我敏感的神經，使我也不由得跟著傷心起來。那時夕陽又冒出來了，正爬在他肩上，益發叫人不能自己。

夜深時，大夥躺在草地上東倒西歪，昏昏欲睡。司馬老師搬出他拿手的鬼故事。順著故事，思緒走入陰陽交叉口，最可怕的是，這時候偏偏有人，突然驚叫起來。那瞬間，還真以爲故事中的厲鬼現身了呢！每回追問是不是真人真事，他總頑皮而神秘的說：「結訓那天再揭曉。」當然，他並沒有揭開謎底，是真是假，只有他知道囉！

余老師有事離開淡專時，就由羅門老師指導李白組。羅門老師對藝術的執著與熱情深深震撼我，使我慚愧於自己的疏懶！有一回他講到激昂處，竟打翻了案頭上的茶杯，下座的我們立刻騷動不安。但他卻甚麼事也沒發生般，繼續專注的講課。我想此時若有敵機轟炸，他斷然都會泰然無事般繼續傳承詩的永恆。

在淡專，第一位認識的便是秦姊。我性依賴，每到陌生地方，總會緊緊抓住能夠庇護我的人。也許秦姊一眼就看出我是個被寵壞的孩子，不懂得應對世人，因此那幾天，她總是處處護著我，替我應付每個尷尬場面。使我第一次感悟，有個親姊，該是多麼的好！

餐廳裡總是熱鬧與譁笑不停。在校時，秩序失控情況都未及此時之一半，教官早已氣炸抓人。飲食間，故意的打游擊、搶食別人飯碗、故意揶揄彼此吃相、旁敲側擊鄰座的飯量…，每每使我笑痛肚子。餐桌上的主角是秦姊、劉姊、史大哥及玩世不恭的周大哥。四角對立的談笑，把進餐時刻襯托的有聲有色起來。

記不清是怎麼和詩人大哥及劉姊、秦姊混熟的。只記得剛開始時很怕詩人大哥。他那種浪漫不羈的古怪個性，讓人不可思議吧？而史大哥與周大哥不斷地挖苦我們女生，才把我和劉姊、秦姊撮合在一起吧？那幾天多虧兩位姊姊處處替我解圍，使我在陌生環境中，不會侷促不安。幾天後，一個最大的高潮掀起了，因爲有人識破了一直甜甜靜靜在旁笑著的余姊姊。原來她是余老師的大女兒珊珊，這個暑假從香港回來，隨老師前來參加盛會。

有一回郊遊，大夥到淡水河對岸的八里踏青。那是我第一次乘遊艇，雖然水不怎麼清澈，陽光也不怎麼耀眼，依然覺得新鮮無窮。而水面上互競高低的魚躍，泛著粼粼閃光，讓我目不暇接。想想魚有時都會不安於水底，時時想跳出來看看世界，那麼希望將來我也應該能行萬里路，好增廣見聞。

遊後別離的日子漸近，大夥忙著寫稿交件，餐桌上的玩笑也退燒了。作品講評課中，感謝余老師對我詩作的指導，以及詩人大哥的鼓勵。

最後一個晚上，由周大哥帶頭，史大哥押隊的領我和劉姊、余姊姊，偷偷溜進附近的高爾夫球場夜遊。我依然只是靜靜地聽他們聊天，靜靜地躺在草坪上望著星星、眉月，聽著樹濤風聲。氛圍像奏著一首小夜曲，耳際迴繞，使我沉醉地忘了離愁！直至第二天惜別宴上（最後的午餐），我才意識出十天的聚首已終，一切都留不住了，只剩幾禎小小的照片，留作日後回憶。

「千里搭長棚，天下沒有不散的筵席」，因此縱有萬種傷情，也是莫奈何！史大哥和劉姊送我上車後，我回瞥他們最後一眼，連再見都來不及說，車子便發動了！坐在南下的客車上，獨自望著明月，逐漸的臺北已被拋在後頭。會不會是永別呢？會不會猛一抬頭，他們就在眼前？車子漸行漸遠，我睡著了又被震醒。醒時只覺得似乎是做了一場夢，夢中遇見許多可親的人。爾後，只能默默祝福所有的人。一下山，他們也許就忘了李白組的小么，若干年後我必成熟了稚容，他們也許就不認得我了！但，我想我是不會忘記的…。

一九七八年十一月二十二日發表於青年戰士報青年園地

# 峨嵋營火

離開你們時，營火剛剛燃起。走出小徑，大道旁回瞥你們時，營火已熊熊燒著了。輝煌的光芒中，傳來你們歡愉的笑聲。竹林邊你們正在帳外大開青春宴，把那片廢墟點活了。只是我必須走了，遺憾不能與你們通宵話北斗，論大江南北，交換少女的夢和那隨著營火跳躍的綺想。

朦朧中，山腳下也正興著幾堆營火。看來，喜歡在世俗的安逸中，尋求餐風宿露的人還真不少呢！湖面上，那昏黃的月光，彷彿隨著你們的笑聲盪盪漾漾。真遺憾，我一定得走了，這一次離開你們，真不知何時還會再見面？

這湖畔，少年時我們曾遊過、踏過。雖然我們幾乎遺忘了這翠綠的水湄以及因課業的忙碌，而幾乎不再灌溉的這份友誼，但今天大家都來了，相約來到這孕育友情的湖邊。那年，我們才十三、四歲，偶然也是必然的齊聚在破落的初二忠教室。那時我們真真太年少了，我們就是那麼容易瘋狂激動，不知爲何的蹦蹦跳跳；一聲嘶叫，會使鳥兒忘了飛翔；黃昏底下繞著影子轉；縱身大雨中，拼一場籃賽……，少時的豪爽，多麼令人懷念呵！

負笈風城的第一天，我是多麼想念你們呵！那一天，風雨已寧靜，我遲疑了一晌，才邁開步伐進入校園。記不清是否有著一塘荷葉歡迎我，倒是昔日愛笑的夥伴們，已先揹來書篋等著我。湛藍的暮色中，幾盞路燈幽微亮著。我走進被分發的宿舍，並被交待清理床被。被鋪未就妥，哨音就來召集。隨著隊伍爬過長長的階梯，上了三樓教室。轉角處，我看見遠遠近近的燈火正向我招手！那是多麼亮麗的一片燈海啊，而喀雅山亭亭玉立的在其中。行進間，我跌入回憶。無法埋葬的往事，在沁涼的夏夜裡招搖。庭院傳來唧唧昆蟲，似乎是大開筵席爲我洗塵，然而我的每個神經依然繃緊著。

自我介紹時，我說：「來自苗栗斗煥坪的一所中學，愛看書的。」掌聲過後，我逃回座位，牙齒格格的打架。選班長時，坐在後排的一位戴眼鏡的女孩，不知爲何提名我競選班長。我一直唸著阿彌陀佛，結果「黃袍」還是加身了。我就這樣當了第一任班長！心情好複雜，應該感到光榮，但又似乎是被綁赴刑場。我的日子就這樣不平凡的開始了！

住在宿舍的第一晚，我輾轉難眠，踢踢米吱格吱格的喊冤。我想我一定哭過，當時用的日記本，仍是母校印製的那款。許多影子雨後春筍般不停的冒出，許多叮嚀，許多祝福，風起雲湧般的掃蕩我的睡眠。好像聽見父親的摩托車聲，陡然地似又回到了我們的母校──成中。記得只要湊在一起，我們總是咯咯的笑不停。現在實在想不起，究竟什麼事那麼新鮮？現在你們是否還患著「笑癌」呢？

我們真是一群瘋ㄚ頭啊！每年趕吃「大拜拜」的饞嘴相仍歷歷如繪。從竹南經頭份到南庄，一路上「打家劫舍」的吃不停。吃不了我們就「兜」著走。忘不了大家吃完雞酒後的糊塗樣，我們整晚比蛙鳴還噪鬧不已。而一個又一個星光，把我們的少年日子，烘托的多麼詩意盎然。我感慨的爬起來，對著窗外月色嘆息！天啊，我是多麼的想念你們！聯考前的乒乓球熱，班上小男孩小女孩互懷心事的思春情衷，一股勁兒的全都回來了！

回憶是老年的事，然而年輕的我卻愛話舊。懷念那段不懂愛卻又偷偷心儀某個男生的蠢勁；懷念那渾身是反叛細胞的少年人生…，那些那些，不正是一個孩子轉大人時，必要走過的嗎？記得從前的錯誤，不再走迷途的那一回。風城的第一晚，風不是風，校園裡滿庭落葉是我豐富的回憶。

下午湖邊野餐，大夥一起煮菜、切菜，忙著整理菜肴、碗盤，好像又找回了那段小兒女時光。我講了幾個笑話給你們聽，你們呵呵笑時，讓我想到我原本也是愛談笑風生的，不是嗎？為何我不再覺得興致盎然了？你們問我別後三年的生活，我只能錯愕的搖搖頭。俯瞰山腳，公車絕塵而去，車輪滾過崎嶇山路，傳來養鴨村姑的嘀咕，復又寧靜。我偷偷避開妳們，靜看月昇星浮。不知道甚麼時候開始，我害怕熱鬧！我喜歡獨自享受大自然的溫存。在這廣漠的人海間浮沉，我還能有多少回這樣的臨風而立？湖水漲著年輕的綠，笑靨好甜，且讓蒙塵的七竅浸濡於水氣中，就讓我把憂煩擲入水涯，不再與人爭辯竹筏的好壞。竹筏輕輕款款的撥過來，牽動湖面上的彩霞。看呀，它們在翩翩起舞，好不沉醉！我倚著欄干，思緒紛飛如鳥羽，悄悄步上綠竹綁成的斑駁階道，枝葉搔癢著我，心事一步步踩成腳印。這些時我開始唯美起來，愛思考形而上的本質；我總是泅進夢的港灣，戀著自己的青山白雲。刻意的搓揉幾片落葉，擲入空中，看它們飄散零落，不知怎的忽然悶悶不樂了。說好不多愁善感，怎又悻悻然呢？是的，我知道我變了，越來越脫離現實。我喜歡談書，談文學、音樂、繪畫，我知道我沒辦法再無緣無故的哈哈笑。朋友覺得我與人格格不入，這也讓我煩惱，我如何在追求文學的過程中，不被孤立呢？

夜幕低垂，當大夥正在搭帳蓬時，我快步加入你們的行列。我既不能與君徹夜長談，只好抓住今天的尾巴。我鬢邊的風沙，該讓你們為我拭去，明天再去畫月升月落！我走出竹林，遠方山林彷佛罩上一層黑紗，但不管如何變，山還是山，水還是水，不是嗎？只是營火熊熊燒起時，我為了趕赴另一趟旅程，不能與妳們繼續話巴山夜雨！「永結無情遊，相期邈雲漢」，而今只能這樣安慰自己了。

離開峨嵋湖，回到家中，到處商店已打烊。此時相信營火已過高潮，斗煥坪上來的少年們啊，歲月使我們成長，但願純真不褪色。青春宴散後，讓我們不時的為彼此祝福、祈禱……。

一九七九年十月二十五日發表於竹師專活動通訊第五十五期

# 冬日畫

## 一、

「人生是一奮鬥的戰場
到處充滿血滴與火光
不要做一隻甘受宰割的牛羊
在戰鬥中，要精神渙發，要步伐昂揚」

十五歲離家，住進這個多風的城市，就一直牢記朗法羅的這詩句。總是在悽蹙寒冷的深夜裡，它鼓勵我航過意志上的暴風雨。生命的長流中溯迴，感激有前人提攜。這些時日以來，一直刻意的讓自己開懷大笑，讓自己不再憂鬱。若有一天我真的釋懷了，不再如鐘擺般的徘徊於虛無與幻滅之間，我就知道我找到了上帝——心靈的主宰。

「只有經過熬煉的靈魂，才足以成鋼」，這是唸完《塊肉餘生錄》時，大衛告訴我的。當我成鋼時，會有更長遠的路要走。我也願意和楮威格一樣，做個「靈魂的獵者」，如小仲馬做個「高尚的悲慘命運之回音」。因此一直以來都厭惡把文學創作當作是消遣及謀名圖利的工具，這令人感到文化的墮落和迷失。但願不負長輩栽培，在「天地間，做個拓荒者」。

## 二、

夕陽是老人，童子是曙光。有生以來，我經常歌頌他們，企圖獲得奇蹟。這種奇妙的感應，像蠶蛻，使我衝破繭縛；似春花秋月，領我走向恬靜希望的高崗。

## 三、

老家附近那口古井，雖因有了自來水後，無人打理，但它依然昂然堅毅的存在著，不服輸的屹立著。那圓圓的井口，從小就在記憶裡生根。有日，它會被填平，但它將永遠存在我的夢中，它如不滅的星圖，溫暖了我年輕的夜。

## 四、

假期裡，想起許多舊夢。像做個漂泊的詩人，或者把整個人交給山水，去感覺山水的感覺。因此父親提議到埔里茶廠訪舅舅，這提議就不再只是提議。埔里剪尾的燕子及日月潭的靈氣，正是我需要的，就讓我學候鳥飛向南方。

不料南方竟是陰霾的雨天，全家關在茶廠垂頭喪氣。舅舅安慰我們說明日會有好天氣了！趁他們喝茶談生意時，我信步繞著廠房轉，那繚繞的茶香醺得我無處可逃。母親的娘家自日本時代就以烘培茶葉爲生，而她則是摘著茶葉長大的，因此聽起「採茶歌」，總是分外親切——

「天空啊落水呀阿妹呀戴著草帽來到溪水邊
溪水呀清又清魚兒在那水中游來游去」

外頭雖下著雨，一首首客家山歌自客廳傳來，卻讓此行不再無聊。我意外的躺在風雨中的南方，不想回家。

## 五、

卡謬說：「在通往逸樂的齷齪道途中，我深信曾一再地阻止過我自己。」好自豪的口吻啊！延水塘觀察殘荷時，忽然想起這話。啊！願我也能如許自豪！

## 六、

我好像一枚風箏，家是拉著繩子的牧羊人。風定後，我乃翩然降落在金山海灘上。只是我永遠扮演多愁善感的角色嗎？墳場裡雨中夜行，生與死是那麼接近。「假案偵查」遊戲之後，我抖抖身上水珠，假假真真的迷惑感還在腦海盤繞。夜裡被訇訇的海濤聲拍醒。我掏出紙筆，寫了一首小詩：

「浪花塗抹　給堤岸化妝
堤岸太高　浪剛提起腰又摔跤
浪也想抹平沙灘上足跡
沙灘太寬　足跡越抹越多

浪踹跚心碎的回到海中
它的餘情仍在珊瑚礁上
留下一處處難言漩渦」

離開金山，轉角處岩隙間，我看見了那片蔚藍海岸。

## 七、

收到一張這樣的卡片：曉風中，一顆露珠在枝椏上微顫。看著它，彷彿手裡正握著那瑩瑩亮亮的精靈，不覺心中舒暢。卡片背面是這樣的留言：尋夢的小女孩，願西天的雲彩，夠妳鋪陳日落西山的美景——給我單純而又執著的友人。

清晨我迎向朝陽，滿身鑲著露珠，愉快地開始一天的忙碌。

## 八、

當你拖著一條疲憊的影子，不知道活著有什麼意義時，豁然發現亂七八糟的案頭上，擱著一箋久未謀面的朋友的問候，你會有監禁多年的囚犯，走出牢獄，重見陽光的心情。猝然，許多快樂活潑的片斷，貼滿記憶的牆。那跫音令你喜悅無邊。阿里便是給我這分驚喜的人。

她說她一直很想念我。讀罷，一時激動的不知該寫甚麼？阿里是我的小學同學，我們斷訊二年了，我要給她寫一封長長的信，並將此刻的驚喜寄給她。

## 九、

宗教家問我，甚麼是生命的意義？我說我不知道，每日我只知道如何在一首詩中獲得滿足，並努力了解大自然所展現的奧秘。於是他不再強迫我去做彌撒，但他要我記住，在我跌倒時，他會為我禱告。「在我跌倒時，為何不扶我起來？禱告有什麼用？」我的眼光這樣對他喊著。隔閡從此滋生。

## 十、

車站上遇見一位十歲左右的小男孩，他說他肚子很餓，沒有錢回家。不巧，我只有兩塊零錢，只好問長問短，替他出點子。我建議他用這兩塊錢打電話回家，先和親屬取得聯繫。他拒絕了，只把兩手往口袋一插，豎起衣領就走了。望著他的背影在冷風中消失，手裡的兩塊錢不知何時摔落一地。這孩子是跟著什麼樣的人在江湖中打滾？想著想著，誤了自己的車班。而站前小販的叫賣聲忽遠忽近，那些滿佈皺紋，刻劃著生活痕跡的臉，在我模糊的視線前，重疊又重疊⋯⋯。

回到家，母親說：可愛的思琪表妹，被不負責任、有一餐沒一餐的父親帶走……，母親說：門前大馬路上，最近發生兩起車禍，殷紅血跡還在……，母親說：妳三叔得了腦瘤……！

我哭了。

## 十一、

一直盤算著如何把自己磨鍊得更像大人，朋友卻來信說：「希望你天真的稚氣不要遺失。」於是，我彷彿又是那一手扯著小辮子，一手拉著母親裙裾的小女孩。想起小時候怎麼踮起腳跟也摘不到芭樂，父親就一手舉起我來，才能摘到又香又甜的芭樂。當時，好得意啊，以爲過些年就可以摘到天上的星星！長大以後才知道原來星光這麼的遙遠，人事是如許的浮沉不定……。我信口朗誦他的詩句，把愁緒掩埋：

「燕子呵

莫道單調的海事

人生
是首學不完的單音」

一九八〇年一月九日發表於竹師專活動通訊第五十八期

# 溪頭鱗爪

上了高年級，老有一種「上了年紀」的感覺，彷彿許多激越的靈感與幻想，都應該摺疊收藏起來。其實我才只是個未滿十九歲的孩子，憑什麼言老呢？「何被襛矣！唐棣之華」，正是如此華如桃李的年代啊！夜來擁被坐起，便開始想像自己是棵年輕的樹，於是喜孜孜的想縱懷謳歌。「溪頭」之旅，就這樣飄進腦海。那親切的名字，是多麼美的召喚啊！

## 一、流星

睡意朦朧時，有流星閃逝。像是夜眨了一下眼而已！究竟一曇現間，它窺見了多少人事？

半夜睡不著，大夥決定出遊。星子靜掛天幕，樹影靜臥地氈，此時月亮多清明，心懷多落拓。初時，林中有新婚小屋，點著一盞盞溫柔的燈，安祥的護照著鳳凰于歸的愛巢。我們是意氣風發的五陵少年，正握著手電筒，一步步走入林間深處。夜裡看不見海拔的指標，加上人多膽子大，於是我們越走越遠。進入一片死寂的森林時寒氣逼人，那翹翹交錯的枝椏，遮住整個天空，一種原始荒涼帶來迷失的感覺，那感覺有些擾亂我們年輕的心。兩隻手電筒來回幌著，製造了更多的鬼影。我挽著夥伴的臂膀，一勁兒留心天隅盡頭。或許是對陰影聯想的太多，夥伴們開始心慌的回頭。下山後，我告訴大夥，說我看見三顆流星，竟沒有人相信。「但，這是真的呀！」我氣極敗壞的跺著腳。他們嘻笑不理，在石梯路溟黑中站著，糗著我笑。

一直嚮往能遇見一場流星雨。它們閃著多少童話的光芒？一朵星花之蒂落，代表一位星星王子的降世；而善良的人死後，必可在天隅間找到空席，幻化成永恆星座。修行到了年限再隕落、出生、老病、死滅再升天。生命果真如此循環嗎？是童話美化了死亡與不幸嗎？好淨化浸濡苦海的眾生嗎？此刻感覺其實大自然本身就是神、真理，就是宗教。人爲的宗教，不管是釋迦或基督，都不過是大自然的一部分，而我們也都渺小如芥子。不堪想像呵！

回到營地，天微亮，夥伴撥著炭火取暖。我在火堆邊席地而坐，望著四週連綿的高山發呆。漸漸地，山頂敷上一層白濛濛的亮光。此時日昇山的另一頭，我們雖看不見，卻可感覺氣溫在上升，通體暖和起來。不久，山頂上的光芒也漸如輕煙飄散，只不過濃霧太重，看不見太陽。昶說：「這小谷好險，四周的高山彷彿都快傾壓下來！」我笑說：「是啊，山太高了，連太陽都爬不上來了！」

## 二、鳳凰山

經過白鴿之林，不覺佇足讚嘆。一隻隻白鴿像是一葉葉白帆船飄過我肩窩，滑也滑也，泊於樹之巔、屋之簷，伶俐地左顧右盼，輕快地啄食。忽聞哨音悠悠吹響。哨聲像是一首清悠的民謠，大概它能喚起白鴿的鄉愁吧？頓時白鴿自四面八方聚攏而來，團團圍著吹哨人轉。想必他是鴿主吧？此刻他正昂然自得的站在斜坡上溜鳥。

踏上通往神木的坡道，我仍頻頻回首，直到那點點白色影子消失，我才注意到寒帶的針木林與闊葉樹正羅列眼前，而路邊一叢叢蕨葉，伸著大爪，像是要一把攫住人似的。經過銀杏林，霧氣更冷冽縹渺，此時我心響起鄭愁予的〈如霧起時〉：如霧起時，敲叮叮的耳環在濃密的髮叢找航路⋯⋯。

山越爬越高，寂靜的原始林佈滿絆來絆去的蔦蘿葛藤，既無鳥語也無花香。時空彷彿靜止了，只有我們氣喘如牛的呼氣聲，以及大剌剌的牛步敲在石階上。啊，山怎麼越爬越高？眾人漸有悔意，但山頂上的光芒使我們一次又一次振作起來。是的，爬上去！懷著一腔愛冒險而又不服輸的意志，我們繼續盤旋而上。直到不再有指標也超越園區地圖的範圍後，我們的步伐又猶豫了！只是山頂上的陽光，使我們再次健步如飛。

是的，不管山有多高，總會爬上去的。這一生久遠又長，我已在爬山時體會。但只要不畏懼，總有酌飲陽光的一天。不要害怕洪荒，人類原本就是自洪荒世界走出來的，活著就是要冒險要應戰，面對群山的陰寒魍魎，我們不怕。當我不住地信心喊話時，陽光已在眼前的平地上，洒滿希望之花，我內心的歌聲依舊激昂著。

下山時，心情愉悅而滿足。此時拜訪溪頭神木，忽覺神木也不過如此，只要不畏嚴寒霜雪，總會長成巨樹的。軀幹已中空的神木下，遊客熙來攘往。一名短髮的小男孩，不時仰望樹頂，又不時俯首搔頭。嗯，他一定在想要如何才能長得這麼高？

## 三、竹廬

尋夢的孩子，午後依然尋尋覓覓，因爲繞來繞去就是找不到傳說中的「竹廬」與「蜜月小屋」。真是「只在此山中，雲深不知處」！最後踏破鐵鞋無覓處，竟在青年活動中心旁，找到一排排小木屋及竹廬。木屋前修竹挺立，火紅的楓葉正點綴著寒山冷碧，而竹廬則罩在如煙如夢的竹林裡。竹廬門戶深鎖，真像是天上掉下來的金童玉女的窩居處呢！如許幽深，不是世外桃源，是甚麼？緣階而行，落英繽紛，竹廬在其中，縹緲恍若仙境。若非夥伴來相喚，我真有點如在夢中呢！

## 四、拔營

爲了能趕上隔天一大早的頭班車，大夥決定天黑前拔營，而今晚只能裹著睡袋，就地露天而眠。拔下營釘，帳篷撲得趴在地上，夥伴正在席捲家當時，谷裡突然湧進一波波濃霧。浮漾在濃霧中，伸手不見五指，真有飄飄欲仙的感覺。拍拍手，像回到孩提時代，只想跳舞唱歌。此時有人速寫林景，有人托腮沉思，霧裡來霧裡去的，有趣極了。不一會兒，濃霧散去，來無影去無蹤，真像是頑皮的孩子。

不久，山月升起，一片奶黃的光暈自山頂泛出，吐出一盞大燈籠。午夜，自睡袋中爬出來，發現它已高掛雲宵。仰頭，北斗七星羅列上空。呵！真美！多少次在天空尋找七星都無所從，而今真有「悠然見南山」的感受。回頭，夥伴們裹著睡袋，一個個橫躺屋簷下，真像是一群漂泊無根的浪子，只好以蒼天爲被，以大地爲枕。火光處，有人不眠，正撥弄炭火聊天。我也加入陣營，話說天南地北。

流螢涎著光悄然流逝。多少夢就像這樣的溜走，還能抓住甚麼呢？錯誤美麗嗎？浪漫的少年面對感情的枷鎖，是雙手就縛，還是不留痕跡就好？年輕最棒的是還可以選擇，年輕是此刻最好的禮物。面對遼闊的前程，且讓我們有爬高山的勇氣。

## 五、賦別

清晨七點五十分，夥伴們魚列的跳上車。引擎發動的刹那，我回首山谷，仍是大霧濃濃，如置夢中。多希望這南部小村落，是我親愛的故鄉。向竹林揮手，向白鴿道別，車滑向北部寂寞而又喧嚷的城市。⋯

一九八〇年二月十日作

一九八〇年六月二日竹師專第二屆文藝創作獎散文組第二名

一九八〇年六月發表於竹師專青年第三十期

# 秋之筆記

## 之一　網住這一季秋

總是在秋季裡，辭去家人，昂首斜風細雨裡。匆遽的歸來風城，乃查覺學生證上只剩下一格空白，原來這已是倒數第二學期，正是學生時代最後一季秋！

校徑上落英繽紛，一野清秋，小林寂寞鎖住了。看見幾個學生挾著掃具過來，心裡突然的繃緊！彷彿是謫仙人，要來擄走那暗處匿藏著的秋神。我焦急的東張西望，好想一伸手，就能捏得那一把秋風。

生命中太多的東西我們不能牢牢的抓取。就像那些偶然篩落的星光，黃昏時偶然撒下的一陣小雨，或者是滑過鬢邊的松濤，都會如萎謝的戀情一般消失無蹤。

一直希望自己活得實際一些，卻無緣無故的執著於自賞的夢中。就像小時後喜歡玩泥巴、扮家家酒一樣自然的喜歡上詩。我永遠都可能只是繆思裙角邊的一名小兵，但仰望她時卻得到無比的愉悅和滿足。我想這種享受才是最超然的吧！縱身於秋聲裡，耳旁的颼颼響，就像是老友親切的問候，更像是母親絮絮的叮嚀。我抽出筆給文友一封短箋：「我回來了，來網住這一季秋！」

## 之一　秋蓮

蓮花是開在秋天裡嗎？

我從圖書館出來，抱著書繞過圓池，本來腦海裡塞著太多的爭執。一看見池中的白蓮，便把那些難題一股腦兒拋開，凝望著白蓮，呼喚著白蓮。

她曾在秋風底下無奈的打轉，忽東忽西，沒個定向。就憑藉一根瘦莖，難得她苦苦支撐！我心疼的想去扶持她，可是風好大好大，它似乎叫我別多管閒事似的，潑婦般地扯著我的頭髮和裙子⋯⋯。

## 之三 守更的人

秋蟬和孤雁一樣是惹人憐的生物。

滿山滿野已聽不見「知了」的荒唐笑聲，牠們肆無忌憚高吭了一整個夏天，現在只剩下零零落落的唧唧聲，若有若無，有一聲沒一聲的傳來。

花凋了，葉落了，寒蟬淒切的歌悼盛夏的夥伴。

恍惚間覺得自己竟也是和牠一樣落魄！舊的朋友走了，新交的朋友又始終沒有建立起知心無邪的情誼，自己便像是夜空中一顆孤寂的星辰，夜深燈殘之後，竟分不清今晚誰才是守更的雁？

斷雁叫西風，今晚蟬聲也仍然哀怨。

## 之四 小說稿——〈秋情〉情節設計之一

秋天的湖水是黃昏雨的故鄉，雨滴嗶嗶剝剝地斜斜落回湖面，許多綿長的情意也像雨絲般悄悄地落回心湖，撩起一池迷霧。

雨涵枕著雙臂，久久不能成眠。只覺思緒飄忽不定，總不經心地沉緬入往日深遠的回憶裡。情路迷離，此刻心際怔忡，有如置身孤島，急欲在浩瀚煙邈間尋到方向。鄰床的室友傳來甜美的鼾聲，而雨涵擁被坐起，無力地倚牆獨思。她多麼希望行囊裡，也有個鏗鏘的夢啊！只是一直不能了解，爲什麼他會丟來這樣的一封信：

「也許我們都太年輕了，不懂得如何抓住自己。妳只能在無盡的穹蒼裡，捕捉那悄然易逝的螢火蟲……。」

那天他送她回宿舍。他們並肩騎著腳踏車，馳過一條又一條小街時，她還以爲他們將會有個美麗的未來。記得當時她是多麼的開心，一下午松林間的長談與散步，她以爲找到了靈魂中的伴侶。哪知那是最後一次與他同行？

那天分手時，他滿腹心事的望著她，她的心情突然忐忑起來，原本萬般雀躍的情緒，忽然落到谷底，她竟慌張的不知如何面對？他有時很年輕，年輕的像是個頑皮的孩子，逗得她無言以對；有時卻深沉複雜的像飽經憂患的老人，讓她難以捉摸。

她甩甩頭，再定神看他時，他還是憂戚地凝望她，不說一句話。她無法感受到他的喜悅，只好無可奈何的轉身離去，心中卻蠕動著一股可怖的預感！

爲了驅走那擾人的預感，爲了詮釋他們間謎樣的愛情。她第一次明白的叩問，問他漂泊的足跡，問他會否像那田裡襤褸的稻草人，癡心的守候一分青黃不接的感情，等待它的成熟？

他的回答如一記悶鎚，鎚得她焦頭爛額，鎚裂了她的初情和自尊。她想著，難道是她會錯意表錯情嗎？難道是她自作多情嗎？心力交瘁之餘，自覺是隻斷翼的螢火蟲，點著微弱的殘光，暗自躲進黑漆漆的洞裡，一面舔著傷口，一面爲他寫最後一封信。信中她說：「是的，我們在彼此的航向中就只是個過客，一個一點都不美麗的錯誤，當春天終究不來，除了說聲『再見』外，除了說聲『再見』，還能多說甚麼？」。然後爲了撫平自尊，她像個耍脾氣的孩子，用著情緒化的字眼傷害他。她說：「你是愛情遊戲也好，玩弄感情也罷，我累了，我不想在不確定中走下去。」

她還這麼寫著：

「我們在譎幻的憧憬中，經常滑失了軌道，我們總是迷失於重重的霧中。於人生的峽谷中失足溺水，是否會有個人，緊緊的擁抱我，導引我向蒼白的昨日道別，向日葵般迎接燦爛的陽光?當我仰臥綠茵，對著明星默想人生的問題與答案時，因你而受傷的心，已不再隱隱作痛，我該守候的是下一季的成熟。」

她把信寄了出去，順口唱起了詩人徐志摩的句子：

「我是天空裏的一片雲，偶然投影在你的波心，你不必訝異無需歡喜，在轉瞬間消滅了蹤影。你我相逢在黑夜的海上，你有你的，我有我的方向，你記得也好　最好你忘掉，在這交會時互放的光亮。」

＊　＊　＊　＊　＊　＊

這是我嘗試寫的第一篇小說，故事靈感來自我的一位音樂老師。她有個曖昧的

「乾哥」，這位乾哥的情若有若無，讓她很困擾。每次感受到他的情深處，他總說：「啊，大哥哥本該如此！」。事件之後，他們就真的斷了！後來聽說她閃電結婚，從此去國離家。我希望她幸福，但這個故事讓我很惆悵！秋風起兮，一切都會隨風而逝，只是年老時再回憶，會是怎樣的滋味呢？不過，對於這個故事，這種結局實在不夠戲劇化！或許結局如此，會讓人更唏噓長嘆：

——「幾年後，她輾轉得知他一直患有先天性心臟病，經常需要開刀治療。他沒有活過那個秋天，醫生急救未果，落葉的颯颯聲中，他去了另一個世界。」

## 之五　木棉落

還記得木棉落的那種壯烈美嗎？那時我們在樹下的和風裡餞別並高談跨出校園後的理想。而今又已草衰葉脫，燕去樓空。滿園蕭瑟的浮光，再也不能滋潤我，我撕下一頁筆記，給你寫詩，低低的哼首秋天的歌：「雲飛樹搖低，藍空下，明年棉花落的季節，盼再見那低飛的螢火，遶著紅垣短牆的是我們不解世故的影子。」

一九八〇年十一月十六日竹師專第三屆文藝創作獎散文組第二名
一九八一年一月發表於竹師專青年第三十一期
二〇一〇年四月增訂完稿

# 環島旅行記

## 一九八〇年十月二十七日

清晨七點，校園仍罩在霧中。同學們卻已吱吱喳喳的置身車內，不斷探頭向車外送行的校長、老師揮手。校門口豎著一塊牌（是學弟妹趕製的吧？）上頭寫著：祝學長們旅途愉快！

車子發動的剎那，更覺自己是個解纜遠航的水手，懷著無比的興奮與憧憬，馳上高速公路。

「各位同學，這十三天的旅程，不只是遊山玩水，更重要的是參觀全省各縣市的教育現況，環島教育參觀的目地是……」誰管領隊老師說什麼？大夥的心老早飛到天外了！我們只想好好瘋它十三天，把學業包袱徹底丟掉。這時，我們都像是漂泊的水鳥，為了追逐歡樂與刺激，早已忘了飛翔的目的。

高速公路上，風好大好大，兩旁山坡上開滿牽牛花，她們扯高裙角，有如舞者，舞出秋天的芭蕾，她們曳著長長的綠髮，立於風吼的坡上，彷彿對我歌著生命的執著與燦爛。車內洋溢著歌聲與笑聲。我的思緒斑駁極了，如夕陽光影，零亂而無法集中。左手捫著噗噗跳的心，右手就著車窗寫著：賜給我不朽的旅程……。

## 一九八〇年十月二十八日

昨晚夜宿臺北，不能出外逛街，只能躺在旅館寫著中正紀念堂的空濛，以及忽然撒下的一陣小雨。我們沒有帶傘，慌張的找到庇蔭處後，頑皮的小雨又不玩了！涼亭下，掏出紙筆，胡亂的寫一些詩句，而詩句卻如天上寥落的星辰，零亂的擺著，至今無法綴成行。

今晨，整個台北還未甦醒，我們卻已上車，直奔濱海公路。天氣如許陰霾，我想歌頌大海一番，思緒確如它一樣黑濛。大概夜裡想太多，失眠的很厲害！以致只能疲倦的望著遠處似乎遊動著的龜山島。它，巨獸般，在水中泅著，緩緩前行。我聽著濤聲，那不滅的潮來潮往，在我耳際不斷嘮叨著，真是煩人！

到了鼻頭角，大夥蜂湧下車，直衝向山上燈塔。一提起燈塔，我的精神就來了。一直喜歡海邊的燈塔，總覺得它藏著許多故事。它爬滿青苔，佈滿時間之雕紋，引人思緒萬千。我尤其愛它微散著的清輝，淒美悠忽。

小路纏著峭壁蜿蜒而上，我們顫顫驚驚的挪移著。右邊一望無際的太平洋正如奔馬般，踢著驚愕交響曲。我們一步步慢慢往前挪，終於看見燈塔。它佇立在一堆亂石間，在被廢棄的堡壘中雄偉的蹲踞著。可我失望極了，因爲它不是夢寐中的燈塔！沒有風漬的殘痕，它嶄新而帥氣，如哨兵般，偵探著周遭，彷彿一有風吹草動，它就會嗚嗚響個不停。沒有詩意可尋，倒是讓我膽顫了⋯⋯。

## 一九八〇年十月二十九日

車在宜蘭支線上行駛著，沿著蘭陽溪緩緩爬進山中。穿過中央山脈的前襟，駛入橫貫公路。沿途，一堆又一堆山地部落，與世隔絕般不惹塵埃。「閒來幾句漁樵話，睏來一枕葫蘆架」，或許這正是他們的生活寫照。

小憩南山村，滴滴落落的雨絲總算讓步了！雨雖停，然遙望眾山，依舊雲霧繚繞，一半煙遮，一半雲埋地欷欷含著淚。

車入梨山，兩旁果樹傍山而植。此時已過了豐收季，見不到纍纍果子，心中十分失落！武陵農場上，更聞不到撲鼻的野草味，過分的人工美，倒使人意態闌珊。梨山市容的吵雜，賓館的雕琢，都使我心情低落！我無意的拿著照相機亂拍。遠山的茅庵，白雲深處隱約乍現的工寮，讓我想起梨山的美，應在深谷小溪，應在果樹圓熟時。想像那溪流裡，河童浣女的滌足嬉戲，想像在蘋果樹下，忙採擷而雙頰紅潤著的精靈，我不禁開心起來！

大禹嶺上耀眼的陽光，奇萊北峰的神秘，以及那碧綠蒼拔的大樹，把我帶進一個物外之境。縱無才思，也算是個詩人了。⋯

## 一九八〇年十月三十日

昨日初抵天祥，還沒來得及逛，天就黑了。到處黑濛濛的，就連旅館背後那一壁山，也忽然失蹤了，眼前一片黑漆漆。面臨這全然的黑暗，還真有點惱怒！頓覺桌上一盞小燈還真美，它提醒著我，讓我覺得自己還活著！夜裡濤流聲喧呶淙淙，一種大江東去的蒼茫，不禁令人泫然欲泣。……

拂曉醒來，還以爲外頭正下著大雷雨，正發愁，才聽出是那嘶吼著幾千幾萬年的瀑布聲。不久我們整隊離去這環山間的小驛站，車行一會，便下車步行九曲洞入太魯閣。

禁不住要爲這大自然的鬼斧神工致上最高禮讚！更對那些鑿山的工人們感到肅然起敬！人類了解自然、適應自然、征服自然，而後又欣賞自然。縱有人在工程中犧牲了，卻也萬古流芳！手扶著欄杆踽踽而行，眼前盡是陡峭的山壁與匍匐溪底各式各樣瑩潔的大理石。清泉滾滾，一路訴說著山中傳奇。我踽踽獨行，願爲山水知音。

太魯閣裡，遠望北迴鐵路上蠕動的火車，以及過了錦文橋之後驚滔駭浪的蘇花公路，不禁又要爲鑿山的英雄們再膜拜一番了。蘇花公路不在此行的安排上，但五年前中學的畢業旅行曾履足過，此刻記憶猶新，那太平洋的浪花，那蔚藍的海天一色，仍在心中澎湃著、映照著。

## 一九八〇年十月三十一日

這輩子，大概只有這一次最討厭雨了！車行至花蓮光復，仍不見晴朗跡象，因此原定走的濱海路線，竟因而改變！出了鯉魚潭之後，再也無法下車欣賞風景。沿途農田村舍接著村舍農田，山是山，雲是雲，景象催人入眠。只有小火車偶爾嘟嘟而過，給我的想像阡陌增點色彩！

車至玉里，雨更是肆虐地猛敲車窗。同學們一個個睡得東倒西歪，無人湊興對唱。窗外一片模糊，除了心中奏著蕭邦的「雨滴進行曲」之外，百無聊賴。午后，車至關山小鎮，意外地，雨停了！我整顆心豁朗起來，終於撥雲霧而見青天。

經過一個個古樸小鎮後，終於抵達台東市。我站在鯉魚山的寶塔上俯瞰市容及遙望著看似平靜的太平洋，突覺自己似乎已流浪很久了。駐足柴門外，凝望著一家家燃起的裊裊炊煙，心中升起了一股濃濃的黯然。難道這就是所謂的「鄉愁」嗎？

塔下，馬戲團正大張旗鼓的準備開鑼，我慢慢步下石階，看熱鬧去。經過陳列卑南文化遺址的櫥窗時，我不禁被那斑駁的石棺所吸引。這裡曾經上演過多少愛恨情愁？「滾滾長江東逝水，浪花淘盡英雄，是非成敗轉頭空，青山依舊在，幾度夕陽紅，……古今多少事，盡付笑談中」，俯拾歷史，唯有望著那些出土的文物興嘆了！

## 一九八〇年十一月一日

台東沒有絢爛的市招，更沒有叭叭不停的惱人分貝，似乎回到家鄉小徑。不知是否下了一宿雨，街道濕漉漉的，雨後的清新，令人心曠神怡。

今日我們終於記起了任務，深入寶桑國小掘寶去。車進校門，就看見一隊隊小學生排得整整齊齊，一個個興高采烈準備出遊。小時候的記憶忽然搬上腦海，我的感情也就一下子澎湃起來。那些兒時的斷片，那跟小男孩打架被老師罰跪的往事，一一搬上眼簾。記憶可以敷創，面對天真的孩童亦可忘憂，陽光下處處都有美好的事物等待挖掘。嘿！小朋友，你們是不是跟我一樣只愛玩耍看故事，討厭教科書？我無心的拍拍一個孩子的頭，他羞澀的躲開了。他穿著畢挺的黃卡其制服，頂著人人戴著的一模一樣的黃帽子，讓我忽然同情起來！他應該光著腳丫子，在山頂上放風箏，在河裡捉魚蝦。…

參觀寶桑國小，讓我們學會許多教具製作法及教學環境的佈置。小小植物園、小小動物園、小小魚池、標本室及校方到處羅列的地岩礦石，把整座校園點綴的跟百寶山一樣，這裡的孩子可真有福呵！

在知本，我以為可以摘得幾片紅葉回家，可惜放眼一看，只有林立的旅社，把風景給煞光了！哪來滿山滿野的紅葉？就連小河也乾渴的裸著河床哪！但曾有位詩人說，這裡到處是紅葉啊！？

過了知本，視野整個遼闊起來。海風很大，吹得我怒髮衝冠。這時候，多麼希望自己就是那大海，浩浩翰翰，自由自在。浪花溫柔的捲上海灘，而後款款退去。那沙灘，多細多滑呵，而遠海，平靜的像睡熟的孩子。…

下午我們來到一個奇異的世界——屏東縣墾丁附近的佳洛水。

岩石一塊塊接壤成岸，浪花不斷拍擊、飛濺。大浪來時，我們尖叫連連、四處亂竄；小浪來時，我們搶著摸它，像撫摸著小動物；浪退時，我們又忍不住趨前…，一次次把我們小兒女的情懷推至高潮！我急忙拿起相機把浪沖起刹那間的「潔白」，以及那雲般的泡沫裝進相機，然而我卻帶不回那戲弄遊客的，一聲接一聲，轟隆巨響的風言浪語。

黃昏，車行駛於鄉間小徑上，兩旁連綿的矮木散發著泥土香，伴著鹹濕的海水味，搔癢著我的嗅覺。不久車停在一座看似無人之境的幽靜建築前，那是我們今晚的棲息地——墾丁教師會館。

卸下行李，我急著去看海。巴士海峽蒼茫一色，雲冷冷的塗出憂鬱的色彩，滿空灰濛濛的，空氣潮濕的像要擰出水來。海灘上，沙子又滑又細，兩腳陷進去時，直覺踩到了螃蟹，我又叫又跳的，開心極了！撿了貝殼，又摔貝殼，深深的足印，不會又被抹平，時空好像停於此點，不斷重複。歸去時，我光著腳丫子，踩著軟軟的泥土地，自己就像是一棵樹一棵草般，整個人像溶入了大地，整個人即將被黃昏消化了般，不知身處何方？

夜裡，隔牆的男生班彈吉他消磨時間，班上幾位外向的女生就和著旋律唱起情歌來。唱出了小兒女的情懷，唱亮了青春。呵，我們美麗的青春！

我爬上陽台，讓如雷的海風灌進衣袖。水溶溶的黑暗中，靜靜吹了許久許久的海風……。

## 一九八〇年十一月二日

清晨抵達墾丁公園，快活的女孩們似枝頭跳上跳下的小鳥。

這是個熱帶森林公園。環山的道路旁盡是成蔭的樹林，九重葛更是一路的歡迎我們。「銀龍洞」中的石柱，在燈火的映照後金碧輝煌，確像是一尾從天而降的銀龍；踱入狹徑，仰首只見一線天穹，是誰將這狹壁劈成兩半呢？原來這即是「一線天」奇景；「龍蝦谷」中只見一兜止水，不知是龍蝦兒怕生躲了起來，還是被撈光了？總之半天看無動靜；進入「石筍洞」，幽黃的光暈中一根被鐵欄杆圍住的大石柱，似乎是扛著整個山洞的大漢；再往下走，即是「垂榕谷」。谷底爬滿榕樹的根，抬頭一看，哇！原來樹身在崖上，真是奇妙。自己像遁土的小蟲，在盤旋的根與根間鑽來鑽去；上了「觀海樓」，只見鵝鑾鼻與貓鼻頭均延伸入巴士海峽，就像是兩條恐龍的大尾巴，浪花像白貓似的正咬著它們玩呢；行至「棲猿崖」，頓有一股寒氣襲來。四壁蕭然，藤蔓爬滿。是否真有猿猴？當我們仰望尋找時，牠是否躲在暗處，也正窺探著人？此時不是「兩岸猿聲啼不住，輕舟已過萬重山」，而是每個人都抱著楞腦袋，望穿秋水，半天也沒個猴影。一路上，原始的熱帶植物叢生纏繞，總令人以爲身入蠻荒般，神秘難測。因此出了墾丁之後，老覺意猶未盡，很想再回去探個究竟。

循著一條石子路，車入鵝鑾鼻。一拉開車簾，眼前亮出一野湛藍的海面。海的藍髮，濃的驚人。太陽公公也出來了，它把海面鑲綴的金光閃閃！樹林間的小鳥吱吱叫的飛來飛去，同學們也興奮的穿梭不停，一陣陣的驚呼聲此起彼落，好不快哉！那是心靈深處，純美的呼喚啊！按著卜卜跳的心呀然而嘆，這燐光閃爍的海呵，真令我激動啊！它像童話世界，像夢裡的後花園。車子一迴轉，我又失去了它，再迴轉時，重現的海洋更輝煌、更燦爛……。

傍晚，來到了澄清湖。湖清見底，垂柳映照，搖曳欲語。九曲橋上滿滿的遊客，爭妍逐麗的擺姿勢，像要把湖水抱回家似的。夜裡環湖而遊，只見那垂柳凝視湖水，湖水驚悸震顫，顫起許多淪漣。我的心情，不知怎麼的哀傷起來？回到旅舍，信手塗鴉一詩：

「延著湖水往前走
深秋深秋的風如一襲冷衫
性急地為我披拂
我不堪其濕重
卻不知如何擰乾」

## 一九八〇年十一月三日

楠梓國小的女教務長說她畢生奉獻於小學教育，而不另謀發展，乃是因爲她「熱愛稚弱的生命」。她以這句話和我們共勉時，我不由得立正敬禮。

近午時分，我們來到了高雄市西子灣。西子灣以夕照聞名，奈何時間不對，只能想像夕陽、彩霞。遠遠看過去，沙灘上萬頭鑽動，地平線上似有輪船航來。由於前幾天所到之處，都有著濃郁的鄉土味，一下子回到燈紅酒綠的大都會後，反倒有些不適應！總覺人煙太多，忽然頭疼起來。

下午造訪左營春秋閣。沒想到春秋閣竟也在鬧市之中，連成群的烏龜也被吵得不耐煩似的，急噪的爬上爬下！到處是賣菱角的小販吆喝來吆喝去，一時之間還真找不到安靜之處。雙塔架在蓮池潭上，原本該與世無爭的，應該到處是「採蓮謠」的情景，可惜看不見一朵蓮花！都市中，星星寂寞，流水也寂寞！回頭看看雙塔，想起這是武聖關公所在地，我還是乖乖的拜拜去。

不久遊覽車又把我們載到了佛光山。綿綿入耳的梵音與滿山的菩提樹，襯著到處的神像，真讓人不敢再胡思亂想了！只是有人忽然說，如果就此戒了七情六慾，人生還有什麼好玩的？唉呀，童言無忌，童言無忌，佛祖啊您可別生氣，讓我們給您下跪，阿彌陀佛……。

## 一九八〇年十一月四日

「古意的城垛已漆成新堡，怕不能贏得妳顧盼；輕輕的愁像海邊的沙子，拾起一把卻捏不住。」上午佇足安平古堡，想起文友是這樣形容台南的。我在古堡裡徘徊，想著這塊土地、這兒的一草一木曾是文友的夢土、故鄉，此刻我正細細體會著。撫著斷垣殘壁，想那幾百年來的干戈鐵馬，在歷史的長河中濺起了多少生離死別？想著想著竟不覺悵然起來。⋯⋯

傍晚夕陽斜斜撒著金粉，濁水溪像一條金龍般的朝海奔去。遊覽車卻反向駛入南投腹地——溪頭。

## 一九八〇年十一月五日

我又來溪頭了。這兒是星子的家鄉，流螢的故居，我曾歌過、旅宿過的回音山谷。這一次我充當嚮導，熱切的爲同學開路。同學們笑說：「妳以後改行當導遊好了！」

銀杏、孤藤、長階、落葉、夕陽，開心的人在竹林，在一場夢幻的霧中。有新娘在拍婚紗照，一轉眼，大霧起兮眼迷離，不見了新娘，只見新郎的黑尾燕服。哈哈，太好玩了，「霧」正作弄著一對新人！我又再次鑽進神木中空的軀殼裡，仰望一方小藍天，想起詩人說的：「每夜，星子們都來我的屋瓦上汲水，我在井底仰臥著，好深的井啊。」（鄭愁予：天窗），不覺得哼起歌兒來。

## 一九八〇年十一月六日

這是我第三次來日月潭。第一次懵懂無知，只知道要吃冰淇淋；第二次中學聯考戰鼓喧天，只想著沒唸完的書；這一次終能心無旁騖的遊潭數石階了。驚險的是有位大叔，抓著毒蛇向旅客們吹擂。我們張大眼睛，看他玩蛇，最後他又把蛇餵了貓鼬。同學看得怵目驚心，抓著我趕緊跑。唉唉，玩蛇的人，世上的毒蛇太多了，可不是每一條都聽話，您可要珍重呵！

我們也正趕上日落美景。夕陽逐漸由淡黃而橘紅，投射之處無不泛著金光；遠處紫紅的天空，捲著層層疊疊的彩雲飛；不久夕陽躲進雲層中，卻藏不住它的燦燦金芒，不會漩出一圈光穴，篩落瑞氣千條，將湖面鋪綴的如鑽石般閃爍不停。其中有遊艇凌波蕩漾，真是「片帆一道帶風輕。極目不分天水色」（崔峒：清江曲內一絕）。逐漸地日落潭心，一片黝黑間萬籟俱寂。「日落山水靜，爲君起松聲」（王勃：詠風），吟誦之餘，我不覺要落淚了！

明月升起，縱一葦如風，在這波光瀲豔的湖心，聽原住民撥月琴唱小調，真是不負少年時，願我們永遠記住這年少的盛宴。

## 一九八〇年十二月七日

今日深入台中縣谷關風景區，在此我們升炊煙烤肉來也。連日以來都在餐廳圍著圓桌吃飯，大夥真有點厭膩了，於是這餘興節目引起群體歡呼！

填飽五臟廟之後，開始我們的森林浴。吸吮著芬多精，與山林和鳴，漫步在這楓紅山谷裡，一洗旅途中的勞頓。過吊橋時，同學們故意幌動橋身，我整顆心好像掉到了溪底，禁不住哇哇叫起來。我想著爲什麼要取「谷關」這名字？谷關當是關隘地處深險谷地，車不方軌，馬不並轡的才是？或許此行只是蜻蜓點水，未能一窺寶山實況吧！？

回到烤肉區，圍著玩團體遊戲，不想玩的坐在一旁聊天，交換彼此陌生的心。遠處山巒戴著白帽，「山太高了，雲顯得太瘦！」，詩人他說對了。

## 一九八〇年十一月八日

早上參觀台中啓聰學校。望著一張張可愛的紅頰，彼此之間卻僅能比手畫腳時，不禁心痛了起來！還好他們有一對明亮的眸子，仍可以揣摩與裁剪這世間種種。也許他們可以幻想形形色色的聲音，將心海裡的波濤用畫筆描出來，甚至聽見常人聽不見的心靈之樂。看著老師們耐心的指導他們，配著助聽器學手語，更要致上一敬。

下午車至鹿港天后宮。同學們前幾天剛拜了佛，今天又來聞道，竟集體意態闌珊起來。後聽說是「黑面媽祖」，全台只此一家，別無分號，才提起勁朝拜去。大紅燈籠高高掛，看見香客如許虔誠，我們也「寧可信其有，不可信其無」的拿起香跪拜求籤。執茭觸地的清脆音響，簽筒撥弄的咚隆聲，泛美著那一張張閉目謝恩的臉。只那裊裊濃煙薰得我睜不開眼睛，索性走到殿外欣賞那雕樑畫棟之美，隨後又被廟前一排土產店吸引。我買了許多蜜餞，將這一下午的閒情啾入腹中。

集合上車後，所有人都開始歡呼。因爲這十三天的旅行已劃下了句點，我們個個大豐收，真想趕緊回到家裡，把這一天天的見聞，一五一十的說給家人聽。車一上高速公路就直奔北部，沒有理會「珍重再見」的歌聲，我的心直奔故鄉竹南了。——

「我如候鳥
飛回北方的家
匆匆辭去異土人情
勒不住的歸思喜欲狂
老花眼鏡後的眸子
是母親怔忡的惦記
青春的我嚮往漂泊
母親的青春因想念
皺褶加深

二十世紀的客車載不動許多愁
為什麼車在小鎮上落腳

這不是我的鄉里
我的母親在山的那一端」

一九八一年二月十八日作
一九八一年六月一日發表於竹師專青年第三十二期

# 後 記

這本散文，是我在寫新詩之餘，陸陸續續完成的。對我而言，寫散文是一種休息，一種無須顧忌任何詩技巧的坦白。寫著寫著，竟也有二十二篇，加上九篇少作，共交上三十一篇，集在這本書中。

「不覺迷路為花開」，寫詩寫散文，也有此境界！唐朝詩人李商隱客散酒醒的深夜裡迷路而得花香，而我也經常在深夜裡筆耕或者讀詩，精神屢屢迷途，只為捻來詩文的奇香！當尋得某種契合時，我真情願迷個千萬次。

就因為這樣，昨夜星辰昨夜風，就都收集在這裡了。我不知道這本散文能讓舊雨新知感受到甚麼？智利詩人聶魯達說：「生命太長，而愛情太短暫」，我覺得不只愛情，應該說在沙漏的匆匆間，萬事萬物都短暫。於是我能做的，便是寫作。在林叢間，在鳥囀花萌時，心緒滲出點點清水，我為生命謳歌，我將一些美的瑣事一一記下來了，包括許多已然遺忘了的少年往事。那些少年往事，在我的九篇少作裡保留著，曚曨昏黃的記憶，在閱讀時忽然亮了起來，這時我才明白，原來我一直沒變，文學，尤其是新詩，始終是我的追求。在這物質金錢掛帥的時代，守著文學守著生命，真是一種貴族的享受。

窗外的六月，草木依舊茂盛，從不為去年的冰暴而有所蕭條。世事雖如浮雲，但在文字間，我已抓住永恆，真是不枉此生了。這本書就當是一道時空之門，邀請您一起探入。如果您在翻閱間獲得某種似曾相識的回憶，更是我夢寐以求的。

二〇一四年六月二十四日寫於加拿大列治文山市